COBALT-SERIES

チョコレート・ダンディ
〜可愛い恋人にはご用心〜

我鳥彩子

集英社

Contents
Chocolate Dandy

Chocolate Dandy
チョコレート・ダンディ
～可愛い恋人にはご用心～

オスカー・エルデヴァド
フールガリア王国
エルデヴァド公爵家の嫡男。26歳。
頭脳明晰にして容姿端麗。
しかし、自分の身分や財産が
目当ての女たちに絶望し、
絶賛女性不信中。
ユーディ・レイン
オスカーの大学時代からの友人。
28歳。大学卒業後は
『レイン出版』という
小さな出版社を起ち上げた。

Characters
Chocolate Dandy
リンディア・バッジ
バッジ侯爵家の令嬢。18歳。
ルベリア女学園の
三年生で、多くの同級生や
下級生から慕われている。
アデル・バロット
イゼー女子養育院で育った、
天涯孤独の少女。16歳。
小説家志望で、
進学して勉強したいという
夢を抱いている。

イラスト／カスカベアキラ

第一話
賭け事には
ご用心

予定外のプロローグ

——昨夜は、酔っていたのだ。

その朝、オスカー・エルデヴァドは大いに後悔していた。

昨夜は友人と街で呑《の》んでいた。どうやって帰ってきたのか記憶はあやふやだが、目を覚ましたら自分の部屋だった。

フールガリア王宮の程近く、エルデヴァド公爵家《こうしゃくけ》の広大な屋敷。南向きの寝室の大きな白い窓から、朝陽《あさひ》が燦々《さんさん》と射し込んでいる。容赦《ようしゃ》なくカーテンを開け放していったメイドを恨《うら》みながら、オスカーはズキズキ痛む頭を抱《かか》えた。

オスカー・エルデヴァド（二十六歳）。

それはおそらくフールガリア《この国》で最も恵まれた男の名である。

公爵である父親譲りの黒い髪と、隣国の王室から嫁《とつ》いできた母親譲りの青い瞳《ひとみ》。理知的な目元の下には、余裕を湛《たた》えて微笑《ほほえ》む口元。学生時代にスポーツで鍛《きた》えた長身、いくつかの博士号を持つ頭脳。女王陛下《へいか》の覚えもめでたく、将来はエルデヴァド公爵位を継ぎ、議会の貴族院に席も用意されている。それまでは社会勉強と称してふらふら遊んでいても許される身だった。

彼に悩みがあるとすれば、ただひとつ――。


「どうして、女はみんなこうなんだ！」

それは昨夜のこと。友人のユーディを街のバーへ呼び出したオスカーは、やって来たユーディを相手にそう嘆《なげ》いて酒を呷《あお》った。

ユーディ・レインは大学時代の同級生である。貴族のオスカーとは反対に貧しい生まれで、同級生といっても、苦学をしたせいで齢《とし》はユーディの方が二歳上。育ちが全然違うのになぜか馬が合い、卒業したあとまで親しく付き合っている。

キャラメル色の髪に温和な顔立ちをしたユーディは、灰色の瞳を細めてため息をついた。

「また、か？」

「ああ、まただ！」

何がまたなのか。恋人の目当てが財産と身分だったこと――それが判明したこと、である。

「素朴《そぼく》で純粋な女だと思っていた。今度こそ、金も身分も関係ない、俺自身を見てくれていると信じていたのに――とうとう化《ば》けの皮が剝《は》がれた。俺の名前を使って、宝石だの毛皮だのたんまり買っていやがった！　素直にねだってくれればまだ可愛《かわい》げもあるものを、陰でこそこそ買い物をして、『だって、結婚すれば私もエルデヴァドになるでしょう？』ときた！」

「あぁ……。それで、別れたんだね？」

「買った物は全部くれてやったがな」

「いい娘《こ》に見えたけどねぇ……。まあ、悪い娘《こ》じゃないとは思うけど」

「……もういい。これが俺の運命なんだ。女には俺が、金に見えるか家名を書いた看板に見えるんだ」

続けざまに酒を呷るオスカーに、ユーディが酒瓶《さかびん》を取り上げながら言う。

「君は、有り余る金を持っていて、貴族の家柄《いえがら》と人脈を持っていて、顔が良くて、頭も悪くない。手先も器用で多趣味多芸だ。女が寄ってくるのは仕方がないだろう。牛の糞《ふん》にハエがたかるのと同じだよ、自然の摂理《せつり》だ」

「──喩《たと》えが汚いな。それでも出版社の経営者か」

オスカーは顔をしかめて友人を睨《にら》む。

ユーディは大学を出たあと、小さな出版社を起《た》ち上げた。しかし未《いま》だヒット作と言えるものは出しておらず、『レイン出版』の名は世に知られていない。

「まあ──ね。君の不幸は、それだけのものを持っていながら、ついでに純情も持ち合わせているところだね」

「俺はおまえが羨《うらや》ましいよ。おまえには打算で寄ってくる女なんていないだろうからな」

「君は一言多いんだよ」

軽くこちらを睨むユーディから酒瓶を取り返したオスカーは、

「まったく——この世の女は皆、金しか見ていないのか！」

今まで何度ぼやいたか知れない言葉を繰り返し吐き出す。

恋人に幻滅《げんめつ》して失恋する度《たび》に、ユーディ相手にやけ酒を呷るオスカーなのである。そしてユーディはユーディで、毎回そんなオスカーの慰《なぐさ》め役を務めてくれる。

「そんなことないよ、家や財産なんて関係なく君を見てくれる人だっているさ」

「いいや、そんな女はいない！　女というのは、金と欲に溺《おぼ》れる性《さが》を持った生きものなんだ」

そんなことないよ、いいや違う、と不毛なやりとりをしばらく繰り返した後《のち》、この夜のユーディは普段と違う行動に出た。ひとつの提案をしてきたのである。

「じゃあ、賭《か》けてみる？」

「賭け？」

ユーディは持っていた鞄《かばん》から紙束を出してテーブルに置いた。

「これは、とある孤児院の子供たちが書いた作文だよ。そこの院長は元国語教師で、子供たちに読み書きだけは教え込んでいる。それが孤児院の自慢で、せっかくだから宣伝のために文集を出版しようと考えたんだね。で、レイン出版《う》がその仕事《ち》を請《う》け負ったんだけど」

「相変わらず、ちまちました仕事をしているな。だからおまえの出版社は儲《もう》からないんだ」

オスカーは悪態を吐《つ》きながら紙束をペラペラめくった。

「作文のテーマは『夢』。この中にね、ひとり面白い娘《こ》がいるんだ」

ユーディが束の中から引き抜いて見せたのは、アデル・バロットという少女が書いた作文だった。

私の夢

イゼー女子養育院にて
アデル・バロット

私の夢は、女流作家になることです。

学校の教科書に作品が取り上げられるような、重厚で、人の役に立つ小説が書きたいです。

実は、私が作家に憧《あこが》れるのには、退《の》っ引《ぴ》きならない理由があります。

作家にはペンネームというものがあるでしょう。私はそれを持ちたいのです。

私の名前は、私が養育院の門前で見つけられた時、包まれていた新聞紙（私、まるで焼きいもみたいですね！）に載《の》っていた芝居の宣伝から女優の名前をふたつ掛け合わせたものなのだそうです。犯罪事件記事から名前を取られなかっただけマシだと思うべきでしょうが、聞いたらやはり寂《さび》しくなる由来《ゆらい》だと思います。

だから私は、作家になって、自分で自分に名前を付けてあげたいのです（女優になって芸名を付けるという手もあるかもしれませんが、それほどの器量は私にはありませんし！）。

夢が叶《かな》うよう、私は日々鍛錬《たんれん》を重ねています。養育院に寄付された本をボロボロになるまで読み、文章を書く練習をし、何を見ても想像力を膨《ふく》らませて考えるようにしています。

でも本当は、学校へ行っていろいろな勉強をしたいのです。

この作文を目にしたどなたかが、哀《あわ》れな孤児の夢に協力の手を差し伸べてくださる――そんな想像を膨らませるのは無駄なことでしょうか。


「――どう？　この娘《こ》にペンネームを持たせてあげない？」

「なんだと？」

訊《き》き返すオスカーに、ユーディが説明する。

「あのね、我が国の孤児院というのは、大抵が十六歳になるまでしか置いてくれないんだよ。このアデルという娘《こ》は、もうすぐ十六になるらしい。孤児院を出たら、身寄りもない女の子がひとりで食べてゆくために朝から晩まで働かなきゃならない。こんな健気《けなげ》な夢を抱いているのに、かわいそうじゃないか」

「……」

健気？　文章から奇妙なふてぶてしさを感じるのは自分だけか？　と、作文に目を落とすオスカーである。

「この子を君が援助するんだ。学校へ入れてやって、必要な物は全部揃《そろ》えて、お小遣《こづか》いもたくさんあげて、我がままはなんでも聞き届ける。そのままこの子が贅沢《ぜいたく》に溺れ、夢を忘れて君に頼り切るようになったら、『女なんて――』という君の言い分を認めよう。でも、お金持ちで親切な篤志家《とくしか》に甘やかされても彼女が自分を律《りつ》して自立してのけたら、僕の勝ち」

「そんなの――俺の勝ちが見えているだろう。貧しい孤児が突然、金に不自由しない身分になったら、堕落《だらく》しきるに決まっている。まるで勝負にならない。――大体、何を賭けるんだ。おまえが持っている物で俺が欲しい物なんて、特に見当たらないな」

「……そういう奴《やつ》だよ君は」

ユーディは苦笑いして、酒に口を付ける。友人の横顔を見ながら、オスカーはしばし考え、口を開いた。

「そうだな――おまえの唯一《ゆいいつ》の財産、あのしみったれた出版社を賭けるなら、乗ってやってもいい。別に欲しいわけじゃないが、おまえが質草《しちぐさ》に出来るものなんてそれくらいだろう」

「わかった。じゃあ僕が勝ったら、うちの出版社に無利子無担保《むたんぽ》で融資《ゆうし》してくれよ」

「ああ、万が一、億が一、おまえが勝ったらな」


――そう、あれは酒の勢いだった。

昨夜のやりとりを思い出して、オスカーは腹の底から深いため息を吐き出した。

己《おのれ》の名誉のために言う。素面《しらふ》の時であれば、孤児の少女の可愛い夢を賭けのネタにしようなど愚《おろ》かな提案に頷《うなず》くことはなかった。もちろん、苦学して大学を出た友人の会社を取り上げるようなことも言い出さなかったはずだ！

大いに後悔と反省を重ねながら身支度を整え、レイン出版を訪ねてみると、話はもう動いてしまっていた。

「あ、イゼー女子養育院の方には朝イチで話を通しておいたよ。すぐにも君のところに、アデル本人からお礼の手紙が届くんじゃないかな」

「――！」

今さらもう引き返せない。

予定外のなりゆきで、親切な篤志家を演じるしかなくなってしまったオスカーなのだった。

◆1

親愛なるジェイ・リード様

イゼー女子養育院にて　八月

初めてお便りいたします。あなたが救いの手を差し伸べてくださった哀《あわ》れな孤児、アデル・バロットです。

この度《たび》は私を学校へ行かせてくださるとのこと、院長先生から聞いた時は驚きと感激のあまり、数十秒間息が出来なくなってしまいました。けれど死んでしまってはせっかくの幸運を生かせないと我に返り、なんとか深呼吸をして事無きを得ました。

ああ、あなたはなんと慈悲《じひ》深く、徳の高い方なのでしょう。私はきっと、あなたのご期待に応《こた》えて作家になってみせます。私の作品が教科書に載《の》る日を待っていてくださいね！

けれど、ひとつ不思議なことがあります。どうしてあなたはご本名を教えてくださらないのでしょう？　『ジェイ・リード』という名前は、この国ではあまりにありふれています。ここから通りに向かって「ジェイ・リードさーん！」と呼びかけたなら、何十人もの返事があることでしょう。手紙は秘書気付《きづけ》で送るようにとのお言い付けも、『ジェイ・リード』というお名前が本名ではないことを窺《うかが》わせます。

どうぞ、本当のお名前を教えてください。私に、本当のあなたにお礼を言わせてください。

では続いて、私自身について説明をさせてください。

あなたはご存知でしょうか。孤児院（私の暮らしているところは、『イゼー女子養育院』というのが正式名称ですが、まあ簡単に言ってしまえば『孤児院』です）には、家系のわかっている子供と、そうでない子供がいることを。

二親に死なれて、親戚《しんせき》に誰も引き取ってくれる人がおらず、孤児院に入れられた子供――そういった子たちは、親の名前もその先祖もわかります。けれど私のように捨て子の場合は、親が何者なのか、先祖にどんな人がいたのか、背景がまったく謎に包まれているのです。

私は赤ん坊の頃、古新聞に包まれてイゼー女子養育院の門前に捨てられていたそうです。もじゃもじゃした赤毛から、『ニンジン』とか『縮れ毛糸』なんて名前を付けられる寸前でしたが、院長先生が新聞広告に載っていた女優の名前に気づいてくださったおかげで、とりあえず人間の面目《めんぼく》を保つことが出来ました。

ですが、私は自分の身の上についてよく考えるのです。親の名前も何もわからないということは、逆を言えば、どんな可能性もあり得るということではありませんか？

古新聞に包まれた私の首には、木彫りのお守りが掛けられていたそうです。金でも銀でもない粗末なお守りですが、これを見る度に私は想像せずにいられないのです。このお守りには何か秘密が隠されているのかもしれない、と。

もしかしたら私は、政情不安な国の王女様で、どうしても国に置いておけなくなって、外国の孤児院の前に捨てられたのかもしれません。国が平和を取り戻したら、ある日、立派な馬車が私を迎えに来るかもしれません。あるいは、私は妖精国のお姫様で、悪い妖精に攫《さら》われて醜《みにく》い赤毛に変えられ、孤児院の前に捨てられたのかも――。

もちろん、私が王女様だと判明する決め手は、この一見粗末に見えるお守りです。これには実は外国の王族や妖精族にだけ判読出来る、神聖な模様が彫り込まれているのです。

ね、どうですか？　出自がきちんとわかってしまっている人には、こういう空想が出来なくてかわいそうだと思います。

ところで、私は今、とても悩んでいるのです。何にって？　ペンネームです。

自分で名前を決められるって、素晴らしいことですよね。でもなんでも自由に決められるとなると、却《かえ》って選択肢《し》が多すぎて決断が出来ません。まだこれから素敵な名前を思いつくかもしれないし、拙速《せっそく》の愚《ぐ》を犯《おか》さないようにしたいと思います。国語の教科書に載っても恥ずかしくない名前を考えなくっちゃ！

ではまた、お便りいたします。

今はまだ、アデル・バロット

◇――＊◆＊――◇

「――……」

アデルから届いた手紙を読んだオスカーは、その明るく純粋で少し奇妙な内容に、ズキンと良心を痛ませた。

――これは本当に、酔った勢いでの賭《か》けだったとは口が裂けても言えないな……。

ユーディと話し合った結果、学校へ行かせてやる条件としてアデルに命じたことはふたつ。

作家を目指す努力をすることと、月に一度、近況報告の手紙を篤志家《とくしか》の『ジェイ・リード氏』に宛《あ》てて書くこと。

また、オスカー自身にも条件が付けられていた。『ジェイ・リード氏』としてアデルの前に姿を見せないこと。手紙の返事も書かないこと。そして、仮にオスカーが賭けに勝ち、アデルが援助に溺《おぼ》れてしまったとしても、勝手な理由で賭けに利用した責任を取って、彼女に生涯の援助を続けること――。

よくよく考えてみれば、オスカーが賭けに勝っても、得られるものは貧乏出版社とアデルへの援助の義務。得があるわけではない。

もちろん、エルデヴァド家の財力ならば、少し贅沢《ぜいたく》を覚えた少女をひとり面倒見続けることくらいはなんでもない。賭けに負けてユーディの出版社へ融資《ゆうし》することになったとしても、それも大した負担にはならない。だが――。

軽快な文章とは対照的に、神経質に整ったアデルの字を見つめる。

自分が妖精国のお姫様かもしれない、などと可愛《かわい》い夢を見るこの少女も、現実の贅沢を知ったら変わるのだろうか。毛皮と宝石で身を飾りたくなるのだろうか。

――そうだ。女なんて皆同じだ。

ぶるんと大きく頭《かぶり》を振ったオスカーは、執事《しつじ》を呼んでアデルに入学祝いのプレゼントを手配させた。

「ああ、そうだ。女の子なら甘いものが好きだろう。ついでに何かお菓子でも――そうだな、チョコレートでも付けておけ」

◇――＊◆＊――◇

ルベリア女学園にて　九月

敬愛するジェイ・リード様

素敵な入学祝いをありがとうございました！

新品の服をいただいたのは生まれて初めてです。しかも五着も！

私が特に気に入っているのは、水色のワンピースです。白いフリルがとても可愛らしくて、私にはもったいないくらいです。実際、同室のジェシーに「あなたには可愛すぎるんじゃない？」と言われてしまいました。

そうそう、私は先日、ルベリア女学園高等部の寄宿舎に入りました。一年生は三人部屋で、私にはルームメイトがふたり出来たのです。

ひとりはジェシー・ナイト。船会社のオーナーの娘で、栗《くり》色巻毛に緑の目がぱっちりした子です。先にも書いたように、言いたいことをはっきり言う、気持ちのいい人です。

もうひとりはマリ・フォンホース。織物会社の経営者の娘で、長い黒髪が綺麗な、神秘的な雰囲気《ふんいき》を持っています。絵が得意だと言っていたので、今度見せてもらおうと思っています。

あ、チョコレートもありがとうございました。同室のふたりと分けて食べました。とても美《お》味しかったです。

私が孤児院で食べたことがあるチョコレートとは違う味がしました。形もとても繊細で綺麗だし、甘さの中にほんのり苦味があって、上品——というのでしょうか？　いくつでも食べられそうでどんどん食べてしまうのですが、「食べ過ぎると鼻血が出るわよ」とジェシーに注意されました。私は食べ過ぎるほどチョコレートを食べたことがないのですが（孤児院ではお菓子はあまり食べさせてもらえないのです！）、本当に鼻血が出るのでしょうか？

それから、これは懺悔《ざんげ》です。私は嘘《うそ》をついてしまいました。これらのプレゼントは、母方の伯父《おじ》から送られてきたのだと言ってしまったのです。

学園のみんなは私が孤児だということを知りません。この学校はお金持ちの娘が多くて、貴族の血を引く人や実業家の令嬢がほとんどです。そんな中で、私は真実を言い出すことが出来ませんでした。肉親を持たない哀れな孤児の、ささやかな自尊心を理解していただけるでしょうか。

私の家は大きな鉱山を持っていることになっています。両親はいつも仕事で忙しく、優しい伯父が私のことを何くれとなく面倒見てくれている設定です。

私は『おじさま』のことをいろいろ想像で話してしまいました。背が高くて、髪はロマンスグレーで、渋《しぶ》いお声で、趣味は乗馬と薔薇《ばら》作りとレース編みです。私はあなたを、チョコレートのように甘くてちょっと苦い、ダンディなおじさまなのだと想像しています。違ったらそう仰《おっしゃ》ってください。あとでなんとか辻褄《つじつま》を合わせます。

嘘はいけないとわかっている　アデル・バロット

チョコレートおじさまへ

ルベリア女学園にて

誕生日（というか孤児院の門前で発見された日）のプレゼントと一緒に、またチョコレートが届きました。ありがとうございました！（おねだりしたつもりではなかったのですが！）一緒にお手紙も入っていることを期待したのですが、ありませんでした。先日、私がみんなに話してしまった『おじさま』の想像図はそのままでかまわないということでしょうか？ジェシーたちがあなたを『チョコレートおじさま』と呼ぶようになりました。だから私もこれからはあなたのことを『チョコレートおじさま』と呼ぶことにします。お嫌でしたら、ご本名を教えてください。

まだ鼻血は出ていない　アデル・バロット

◇――――＊◆＊――――◇

――チョ、チョコ、レ、ー、ト、おじ、さま……!?

手紙を読んだあと、思わず鏡を見て自分の顔を撫《な》で回してしまったオスカーである。

アデルがあんまり無邪気にチョコレートを喜ぶものだから、軽い気持ちでまた送ってやっただけなのだ。そのお返しが、こんな甘ったるいあだ名とは。

「ロマンスグレーのチョコレートおじさま――この俺が？」

苦笑いしか出てこない。何なのだ、そのキャラクターは。今時の若い娘の想像力とはそういうものなのか？

オスカーは机の抽斗《ひきだし》を開け、そこへアデルの手紙を放り込んだ。この二段目の抽斗は、アデルから来た手紙専用の保管箱になってしまっていた。一月《ひとつき》に一度でいいと言ったのに、毎週のように手紙が届くのだ。

初めての学校生活、寄宿生活は驚きに満ちていて、それらを誰かに報告せずにいられないようだった。アデル自身もかなり面白い感性の持ち主で、手紙を読む度にオスカーは驚いたりツッコミを入れたりしてしまう（『おじさま』の趣味に、乗馬と薔薇作りはともかくなぜレース編みを足したのか!?）。つい反論の返事を書きたくなるが、それはご法度《はっと》というユーディとの約束だ。

だが賭けという点においては、今のところ自分の勝ちに向けて転がっているように思えた。

アデルは周囲に嘘をついた。見栄《みえ》を張り、己《おのれ》が金持ちの娘だと偽《いつわ》った。

もちろん、それは予測出来る展開だった。王都ネルガリアの郊外にあるルベリア女学園は、歴史のある寄宿学校だ。アデルも自分で書いているとおり、裕福な家の娘ばかりに囲まれて、とても孤児だなどと言い出せる雰囲気ではないだろう。咄嗟《とっさ》に嘘をついてしまっても責められはしない。

学園内で、アデルの本当の素性《すじょう》を知っているのは学園長だけだ。寄宿舎の同室に、貴族の娘は除外するよう頼んだのはオスカーだった。ナイト家もフォンホース家も、ごく最近羽振りが良くなった成金だ。そういった家の娘たちなら、細かいマナーにうるさい貴族の娘に比べておおらかで、孤児院育ちのアデルが多少おかしなところを見せても、さほど大騒ぎをすることもないだろうと踏んだのだ。

そう、ユーディに言われて思い出したのだが、オスカー・エルデヴァドは一応ルベリア女学園の理事に名を連ねている（他にも様々なところに名前だけ貸しているので、自分でも何がなんだかわかっていないのだが！）。それでアデルをこの学校へ入れることにしたわけである。

ルベリア女学園には高等部の上に大学もある。アデルが本気で勉強をしたいなら、大学まで行くのもいいだろう。だがオスカーとしては、こんな趣味の悪いお遊びはさっさとおしまいにしたかった。援助を続けるのはかまわないが、賭けの勝負だけは早く付けてしまいたい。そうしないと、アデルから手紙を受け取る度に良心が痛んで、身が持たない。

——とりあえず、小遣《こづか》いをたっぷり送ってやるか。

アデルに不自由しない金を与えれば、他の娘たちの真似《まね》をしてあれこれ贅沢品を買い揃《そろ》え、やがてはもっと高価な物が欲しくなり、『おじさま』へのおねだりがエスカレートするだろう。望む物がなんでも手に入る生活に慣れ切り、そこから抜け出せなくなるだろう。

遠からず、チョコレートやワンピース程度で喜んでいた純朴《じゅんぼく》な少女は消えるのだ――。

手紙のしまわれた抽斗に改めて目を遣《や》り、ひとつ息をついてから、約束のある夜会へと出かけるオスカーだった。

◇――＊◆＊――◇

チョコレートおじさま

ルベリア女学園にて　十月

たくさんのお小遣いと可愛いチョコレートをありがとうございました。

チョコレートは美味しくいただきましたが、お金の方は受け取るわけにはいきません。以前いただいたお小遣いがまだ残っていますので、この小切手はお返しいたします。

おじさま、聞いてください。きっとおじさまは、ご存知ないのでしょうね。孤児院の子供に、お金は必要ないのだということを。

他のところは知りませんが、少なくとも私の暮らしていたイゼー女子養育院では、子供にお小遣いなどくれませんでした。私たちは、おじさまのような篤志家の方々の善意で着るものを与えられ、食事を与えられ、院の中だけで暮らしていました。料理や繕《つくろ》い物の手伝いは日常でしたが、そのための買い物へ連れていってもらったことはありません。

私は養育院にいる間、お金というものを手にしたことがありませんでした。それを使って買い物をしたこともありません。先日いただいたお小遣いの小切手も、どうやって使うのか、ジエシーやマリに訊《たず》ねて知りました。初めて銀行というところへ行きました。大変な世間知らずだとふたりに呆《あき》れられました。

こんな、お金の遣い方のわからない子供に、たくさんのお金を渡してはいけません。私はどうしていいのかわかりません。今回いただいた金額がとても大変なものだということすら、ジエシーたちに教えてもらって知ったくらいなのです。「お城でも買うつもりなの?」と言われてしまいました。

でもおかげで、ふたりは私がとてもお金持ちの家の娘だと信じ込んでしまいました。この小切手は、見せていただくだけで役に立ちました。なのでそのままお返しいたします。どうかお気を悪くなさらずに、お引き取り下さい。

ところで、私の近況ですが——。

実は、授業になかなか付いていけなくて苦労しています。院では、院長先生が国語の勉強だけは教えてくださったのですが、それ以外の科目は時々来てくださる近所の学校の先生から教わるだけで……あまりみっちりやったとは言えません。クラスメイトに追い付くのが大変です

（だから、毎日の予習復習に忙しくて、お小遣いをたくさんいただいても使っている暇《ひま》がない、という側面もあるのです）。国語だけ出来ても立派な作家にはなれないと思うので、他の科目も頑張ります！

それから、私にとっての勉強は、学校の授業だけではありません。世間の流れとは隔絶した孤児院《ところ》に暮らしていた私には、クラスメイトとのやりとりにおいても日々発見があります。その中でも、特別驚いたことを聞いてください。

最近私は、クラスメイトからいろいろな小説を借りて読んでいます。院の図書室にはなかったようなものばかりでとても面白いです（あ、学校の勉強の合間に読んでいる、というだけですよ！）。今、みんなの間で流行《はや》っているのは、少女小説です。私たちくらいの年頃の少女向けに書かれた、主《おも》に恋愛がメインの物語です。それらを読んでいて、私、とても驚いてしまったんです。

私は今まで、愛し合う男女がキスをすると子供を授かるんだと思っていたのです。ところが、貸してもらった小説ではヒロインとヒーローのキスシーンが何度もあって、結婚もしていないのになんて軽はずみなことを――と肝《きも》を潰《つぶ》してしまいました。

蒼《あお》ざめている私に、クラスメイトが教えてくれたのです。

――キスで子供は出来ないことを！

院ではこんなこと、教えてくれませんでした。おじさまはもちろん――ご存知ですよね？

クラスメイトはみんな知っていて、私がどうしてそんなに驚いているのか不思議そうでした。

「とんでもないねんねさんね」と笑われてしまいました。


　そういえば、おじさまは結婚なさっていますか？　子供はいますか？　もしかして、私と同じ年頃の娘さんがいらっしゃるとか？　だからちょうど私に合うような服を送ってくださるのですか？　おじさまが選んでくださる服は、いつも私の好みにぴったりで驚いています。

あ、これは服をねだるつもりの言葉ではないので、先に言っておきます！　秋物の服や靴は、残っているお小遣いで揃えますのでご心配なく。


お小遣いのやりくりに燃える　アデル・バロット

◇―*◆*―◇

「あはははは！　それはまた、とんでもない箱入り娘だね！」

いつものバーに呼んだユーディが、オスカーの話を聞いて明るく笑った。

「……俺は笑うよりも前に呆れたぞ。金を持ったことがないとか、キスで子供が出来るとか、深窓《しんそう》の姫君以上の世間知らずぶりだ。孤児とはそんなものなのか？」

ユーディとは反対に、苦い顔で酒を舐《な》めるオスカーである。

手紙には小切手が同封されて戻ってきた。本当に欲がないのか、それとも一度は断っておこうという駆け引きなのか。キスで子供云々《うんぬん》も、純真さをアピールしているつもりなのか？　それとも本当のねんねなのか？

――わからん。俺にはあの少女がわからない。

いや、あのも何も実際に会って話したこともない相手なのだから、わからないのも当然だ。手紙になら何とでも書ける。毎日勉強をしている、と書いていても本当とは限らないし、純真ぶったことを書いていても、手紙に封をしてからぺろりと舌を出しているかもしれない。

そんな風に考えて、自分の疑り深さ、ひねくれ具合に、頬《ほお》を歪《ゆが》める。

――駄目だ。女と関《かか》わると、人間が駄目になる気がする。神は俺に、女と縁を切れと言いたいのか。禁欲の聖職者にでもなれと――!?

険《けわ》しい表情で一息に酒を呷《あお》ったオスカーの隣で、ユーディが口を開いた。

「――いや、実際、孤児院の子供はそんな風らしい。金と手が足りなくて、教育が行き届かないんだ。イゼー女子養育院の場合は、院長が元教師だったおかげで、国語教育はまともに受けられただけマシな方だよ」

ユーディの言葉に、オスカーは二度《ふたたび》頬を歪めた。

「では、アデルのような少女が国中で、十六になった途端に世間に放り出されるのか。――ぞっとするな」

「ああ。同じ世間知らずでも、深窓の姫君には周りに守ってくれる人がいる。でも孤児院を出た孤児は、無知のまま、悪い人間に騙《だま》され、利用されて——特に女の子の身には、お定まりの不幸が降りかかる。オスカー——君のような上流階級の人間にこそ、そういう現実をぜひ知っておいて欲しいと思うね。親を亡くしたり捨てられたりした子供に、罪はない。国がもっと力を入れて、彼らに相応の教育を受けさせるべきだ」

「……」

ユーディは両親を早くに亡くし、親類の間をたらい回しにされて育ったという。一時は孤児院に入れられそうになったこともあるらしい。そのせいか、昔から慈善《じぜん》活動に熱心で、特に孤児問題には敏感だった。

それを思い出し、オスカーは小さく首を傾けた。

「……考えてみれば、おかしな話だな。慈善家のおまえが、孤児を賭けに利用しようなんて、主義に反していないか？」

オスカーの疑問に、ユーディは事も無げに答える。

「期待しているからさ」

「何に？」

「アデルに。面白そうな娘《こ》じゃないか。彼女ならきっと立派な作家になってくれるよ。才能のある孤児には、どんどんチャンスを与えてやるべきだ。君の援助は彼女の役に立つはずだよ」

「……どうかな」

オスカーはフンと鼻を鳴らして横を向いた。

――アデルもわからんが、こいつもわからん。温和な顔をして、策略家《さくりゃくか》だからな。腹の内では何を企《たくら》んでいるやら……。

◆2 チョコレートおじさま

ルベリア女学園にて　十一月

おじさまは男性だから、きっと女子校のことは詳しくおわかりではないでしょうね。

斯《か》く言う私も、学校に通うこと自体が初めてなので、何もかもが初めて尽《づ》くしなのですが！

ルベリア女学園では、十二月に校内バザーが開かれるのですって。高等部の一年生にとっては、それが初めての学校行事となります。

バザーの出品物は、手持ちの物の他に、各自が何か手作りすることになっているそうです。

そしてその品物は、上級生と下級生がペアになって作るのが慣例とのこと。

バザーのペアは、上級生の方《ほう》から下級生を指名するのだそうです。私を選んでくださる上級生の方《かた》なんているのかしら――と心配だったのですが、聞いてくださいおじさま！　なんと私をペアにと指名してくださったのは、三年生のリンディア・バッジ様なんです！

私がどうしてこんなに興奮しているのか、おじさまは不思議に思っていらっしゃるでしょうね。リンディア様は、容姿端麗《たんれい》・頭脳明晰《めいせき》、ルベリア高等部生徒全員の憧《あこが》れの的《まと》なのです。陽《ひ》に透けて輝く黄金の髪と、気高い慈《いつく》しみに満ちたサファイアの瞳《ひとみ》。詩を朗読なさる時の、しっとり落ち着いたお声。誰に対してもお優しくて、教師からも生徒からも絶大な信頼を寄せられている方です。

そんなリンディア様が、自《みずか》ら私のクラスまでいらっしゃって、私をバザーのペアにとご指名くださったのです！

天にも昇る心地とは、このことを言うのだと思いました。あんなに近くでリンディア様のお顔を拝見したのは初めてです。本当にお綺麗な方でした。これからバザーまで、ずっとあの方と一緒にいられるなんて、夢みたいです。

ふたりで話し合った結果、毛糸で手袋と靴下を五組ずつ編むことになりました。手袋は、ミトンタイプのものと五本指タイプと、二種類です。それと、ふたりで一緒にテーブルクロスに刺繍《ししゅう》をします。

編み物は寄宿舎に帰ってから自分の部屋で出来ますが、最後にお互いの手袋と靴下に刺繍で模様を入れて共同製作品とします。テーブルクロスの刺繍は、放課後に学校の談話室でリンディア様と一緒にやることになりました。

私は養育院で縫《ぬ》い物も編み物もしていたので、手先には少し自信があります。リンディア様のペアとして恥ずかしくないものを作ろうと、やる気満々です。

ただ……このことは書こうかどうしようか悩んだのですが、嘘偽《うそいつわ》りのない近況報告を旨《むね》としている私は、正直にお話しします。

リンディア様とペアになったせいで、私は一部の生徒から嫌がらせをされるようになりました。リンディア様はとても人気があるので、仕方がないことだと思っています。

「どうしてあなたみたいな子が？」と言われても、私にもわかりません。それとなくリンディア様に訊《たず》ねてみたことはありますが、「あなたと一緒にこうして過ごしてみたかったから……かしら？」と小首を傾《かし》げ、天使のような微笑《ほほえ》みを浮かべて答えられたら、それ以上、何が訊《き》けるでしょう？（私って、相当な面喰《めんく》いだったのだと自覚しました！　綺麗な方には逆らえません！）

靴を隠されても、教科書を破られても、私、めげません。だって私は何も悪いことはしていないのですから。それに、味方をしてくれるクラスメイトもいるから大丈夫です！　変なことを書いてしまいましたが、どうぞご心配なさらないでください。

ではおじさま、ぜひバザーには来てくださいね。私の自信作をお目に掛けますから！

刺繍針と編み棒がお友達　アデル・バロット

◇――＊◆＊――◇

――リンディア・バッジ。

バッジ侯爵家《こうしゃくけ》の令嬢か。

アデルの手紙を開いたまま、オスカーは脳裏にリンディアの姿を思い浮かべた。社交界で面識はある。確かに聡明《そうめい》で美しい令嬢である。

どうしてまた、リンディアのような生粋《きっすい》のお姫様が、アデルのような娘に興味を持ったのか？　その不釣り合いさに嫉妬《しっと》し、嫌味のひとつも言いたくなる生徒たちの気持ちもわからないではない。

――だが、もしかしたらこれは、『おじさま』の気を引くための嘘かもしれない。

学校で苛《いじ》められていると泣きつけば、正体不明の『おじさま』が姿を現してくれるかもしれない、『おじさま』を引っ張り出せたらこっちのもの、直接あれこれねだろうと狙《ねら》っているという可能性も――。

「……」

また穿《うが》ったことを考えてしまい、自己嫌悪に陥《おちい》るオスカーである。

嘘偽りない近況報告を旨としている、とアデルははっきり書いている。わざわざそんなことを書いてくるのが疑わしいとも言えるし、本当に裏表のないあっけらかんとした少女なのかもしれない。

「——ああもう、きりがない！」

オスカーは片手でぐしゃぐしゃと髪を掻《か》き混ぜた。

ただこうして手紙を睨《にら》んで、顔も知らぬ少女の心理を疑っていても埒《らち》が明かない。

——いっそ、バザーに行ってみるか？

篤志家《とくしか》の『ジェイ・リード氏』としてはアデルの前に姿を見せない約束だが、本名のオスカー・エルデヴァドとしてなら、単に理事のひとりが学校行事の様子を見に来ただけと装《よそお》える。

とにかく、アデルという少女をこの目で見て、その人となりを確かめたい——。

斯《か》くして十二月の第二週、一学期の終わりを前に催《もよお》されるルベリア女学園校内バザーに、オスカー・エルデヴァドは足を運んだ。

学園長にこっそり根回しをし、アデルに校内の案内を頼むことにも成功した。

「あの——あなたが理事のオスカー・エルデヴァド様ですか？」

高等部校舎の玄関で待つオスカーに、赤い癖毛《くせげ》をおさげに結った制服姿の少女が声をかけてきた。

「——君が、アデル・バロット？」

素知らぬ顔で確認しつつ、オスカーはじっとアデルを見つめた。

「はい。学園長先生から、あなたのご案内を申し付かりました」

ぺこりと頭を下げた少女は、小柄《こがら》で痩《や》せていた。顔立ちにはまだ幼さが残り、大きな茶色の瞳が印象的だ。磨けば光る素材――と言えないでもないかもしれないが、現時点ではごく平凡な十六歳の少女である。

まじまじと品定めをしているオスカーに対し、アデルは小さく首を傾《かし》げながら口を開いた。

「あの……私のような一年生より、もっと学校に慣れている二年生や三年生の方《かた》の方《ほう》が、案内係には適しているのでは、と学園長先生に申し上げたのですけれど――『わたくしはあなたにお願いしているのよ』とにっこり微笑みかけられてしまって……そうしたらもう何も言い返せなくなってしまって。あの、至らないところがありましたら申し訳ありません。先に謝っておきます」

そう言ってアデルはまたぺこりと頭を下げた。

ルベリア女学園の学園長は、五十歳に近い伯爵家《はくしゃくけ》の未亡人で、かつては社交界の華と謳《うた》われた人物である。なるほど、年齢問わず美人に弱い。手紙に見られたアデルのキャラクターと合致《がっち》している。

「では――行きましょうか。一階の隅の教室から順番でいいですか？　それともどこか、先に行ってみたい場所はありますか？　エルデヴァド様は、この学園に来られるのは初めてですか？　理事になられたばかりなのですか？」

興味津々《しんしん》にあれこれ訊ねてくるのも、手紙のアデルと同じノリだった。

「理事になったのはしばらく前なんだけれどね、いろいろ忙しくて、学園の様子を見に来ることが出来なくてね。隅から順番に案内してもらおうかな」

校舎の中は、廊下《ろうか》も教室も造花やリボンで飾られて華やかな演出を施《ほどこ》されていた。客の入りも上々のようで、生徒の父兄や近所の住人らしい人々が賑《にぎ》やかに喋《しゃべ》り合いながら出品物を見て回っている。

「えっと、一階の半分は特別教室で、そちらには先生方の出品物があります。もう半分は一年生の教室で――」

「君のクラスは？　君も何か出しているんでしょう？」

「あのですね――出品物には『一般出品物』と『合同出品物』があって、『一般』というのは自分の手持ちの不用品なんかのことで、『合同』は上級生と下級生がペアになって一緒に作った手作りの品物です。私は、特に不用品がなかったので一般の方には出していなくて――上級生と一緒に作った品物を、三年生の教室に置いていただきました」

「へえ……そうなんだ。じゃあ先にそっちへ行こうか」

「あ、いえ、でも、もう全部売り切れてしまって」

「え？　まだバザーは始まったばかりだろう？」

「私とペアの上級生の方は、学園一の人気者なんです。だから、さっき私が売り場を離れさせてもらった時点で、もうすっからかんでした。建前上は、バザーの出品物を生徒が買ってはいけないことになっているんですが、みんな家族に頼んでお目当ての物を買ってもらうみたいで。リンディア様の――あ、その上級生の方はリンディア様と仰《おっしゃ》るのですが、リンディア様の出品物には学校の門が開くなり買い手が殺到《さっとう》して、イナゴの大群に襲われたみたいに綺麗さっぱり売れてしまいました。力作のテーブルクロスなんて、一番初めに売れちゃいました」

「へえ……すごいね」

「はい、リンディア様の人気はすごいです。でもそのおかげで、売り子の仕事も早々に終わってしまったので、こうしてあなたのご案内を言い付かったのかもしれません」

「迷惑だったかな？　仕事が早く終わった分、遊びたかった？」

オスカーの問いに、アデルはぶんぶん首を振った。

「いえ、そんなことは！　どうせ、あの、私、今日は誰も来てくれる家族がいなくて――ひとりでぶらぶら歩いて回るよりは、こうしてどなたかをご案内している方がいいです」

「ご家族はみんな忙しいのかな？」

白々しく訊ねると、アデルは俯《うつむ》いてもごもごと言った。

「その――伯父《おじ》を招待したんですけど、来てくださるという返事はなかったし……。あ、一応、私を訪ねてくる方がいらしたら、知らせてくれるように先生やクラスのみんなに頼んであるんですけど」

アデルは辺りをきょろきょろ見渡してから、小さくため息をついた。

親切な篤志家『ジェイ・リード氏』は現れない。現れようがない。この自分が、オスカー・エルデヴァドとしてここにいる限りは。

オスカーは少し意地悪な気持ちで口元を歪《ゆが》めると、すぐに笑顔を作ってアデルを見た。

「じゃあ、私がその伯父上の代わりに、何か買ってあげようか。ああ――あそこで可愛《かわい》い帽子を売ってる。君に似合いそうだ」

「えっ、いいです、結構です！」

アデルはまた首をぶんぶん振った。

「案内をしてもらうお礼だよ。そう大げさに取らなくても」

「いえ、これは学園長先生から言い付かった仕事ですから。あなたにお礼をいただく筋合いはありません」

きっぱりと言い切るアデルの瞳には、揺るぎない意思の力が輝いていた。なかなか強情な娘のようだった。

「……そう」

ひとまず引き下がったオスカーは、切り口を変えて揺さぶってみることにした。

「ところで、君の得意な科目は何かな？　学園長先生から直々《じきじき》に用を頼まれるということは、優等生なんでしょう？」

「えっ」

アデルは気まずそうな顔でちろりとこちらを見上げた。

「そのぅ……私が学園長先生のお顔をよく拝見するのは、私がよく失敗をしてしまうからで……。体育の授業で投げたボールが職員室の花瓶《かびん》を割ってしまったり、生物の授業で使うカエルの大群をうっかり校内に放してしまったり――お小言《こごと》のためによく学園長室に呼ばれるんです……。別に優等生というわけじゃ……」

もごもごと言ったあと、不意に表情を明るくする。

「あ、ご存知ですか？　寄宿舎の裏山ではいつも秋にカエルが大量発生するんですって。だからそれを捕まえて授業で使うんだそうです。私、あんなにたくさんのカエルを見たのは初めてで、ついびっくりしてケースをひっくり返しちゃって。あ、その日は私、当番だったので実験道具を用意するお手伝いをしていたんです。もうとにかく大急ぎで逃げたカエルを捕まえて回っているうちに、制服のポケットに何匹か潜《もぐ》り込んでたみたいで、寄宿舎までカエルを連れて帰っちゃって、そこでまた大騒ぎ！」

その時のことを思い出したようにアデルはくすくす笑う。

「……それは大変だったね」

そのカエル騒動は手紙で読んだ。数えきれないほどのカエルのイラスト付きで、その晩は夢にまでカエルが出てきてうなされたオスカーである。

「じゃあ、君の得意科目は生物なのかな?」

「え、そういうわけでも――」

アデルは口籠《くちごも》ったあと、バザーの出品物に交じってお菓子を売っている店に目を向けた。

「そうだ、何かお食べになりますか? 学園長先生からおやつチケットをふたり分いただいているんです。あ、あそこのホットチョコレートとか如何《いかが》ですか」

いや、甘いものはあまり――とオスカーが返事をする前に、アデルはホットチョコレートを売っている店へ走ってゆく。自分が飲みたいのかもしれない。

――本当にチョコレートが好きなんだな。

なんとなく微笑ましい気分になり、アデルがホットチョコレートをふたつ受け取るのを眺めていると、そこへ、アデルに話しかけてくる生徒が現れた。権高《けんだか》な顔立ちをした二人組で、ぺこりとアデルが頭を下げたところを見ると、上級生のようだ。

「あら、一年生がこんな時間から飲み物を買っているなんて、余裕ね」

「品物が売り切れたのは、リンディア様の人気のおかげよ。本当はみんな、リンディア様お手製のものが欲しいだけで、そこにくっついたあなたの余計な刺繍なんて要《い》らないんだから」

わかりやすく嫌味を言われている現場を目撃し、オスカーは息を呑《の》んだ。

手紙にあったとおり、アデルをよく思っていない生徒たちもいるようだった。だがアデルも負けてはいなかった。

「そんなこと、わかってます。でも、私もリンディア様の作品の価値を下げないように頑張ってお手伝いしました。リンディア様は満足してくださいました」

「それはリンディア様がお優しいからよ」

「お情けで褒《ほ》めてくださったのを真に受けるなんて、おめでたい人ね！」

「人を信じられずに被害妄想《もうそう》で落ち込んだり、やっかみに時間を潰《つぶ》すくらいなら、おめでたくて結構です」

「なんですって」

「どういう意味よ」

　ふたりの上級生が熱《いき》り立つのを見て、オスカーは顔をしかめた。

　意地悪を言われて何も言い返せずに泣き出すよりは気骨《きこつ》があるが、しかし正面から喧嘩《けんか》を買い過ぎだ。もう少しやんわりと悪意を受け流す方法もあるだろう。

　この少女には処世術というものを教えてやらなければいけないな――と苦笑しながらオスカーが救《たす》けに入ろうとした時だった。

「どうしたの、アデル」

　凛《りん》とした声が響き、辺りがパッと明るくなったような錯覚を与える華やかさを纏《まと》って、全校生徒憧れのリンディア・バッジ嬢が登場した。

「リンディア様！」

ふたりの上級生はアデルから一歩離れて直立し、アデルも少しばつの悪そうな表情で上目遣《うわめづか》いにリンディアを見る。

「アデル、学園長先生から言い付けられた特別な用事は済んだの？」

「いえ、まだ途中です」

「ではこんなところで油を売っていてはいけないわね。──さあ、あなた方も、売り子の仕事があるのではないの？　まだ残っているようなら、わたくしもひとついただこうかしら」

「ハンカチですけど、残っています！　たくさんあります！」

「どうぞ、こちらです！」

アデルに嫌味を言いに来たふたりの興味をあっという間に自分の方へ引きつけたリンディアは、廊下を歩き出しながらふと振り返った。そして、立ち尽くすオスカーに向かって婉然《えんぜん》とした笑みを浮かべる。

小娘に見せ場を奪われた──……。

面白くない気分でリンディアの後ろ姿を見送るオスカーに、

「あの、ごたごたしちゃってすみません。ちょっと冷めちゃいましたけど、どうぞ」

戻ってきたアデルがホットチョコレートを差し出す。それを受け取り、オスカーはコホンと仕切り直しの咳払《せきばら》いをした。

「何の話をしていたんだっけ」

「ええと、好きな科目の話……？」

階段の脇《わき》に立ち、ふたりでホットチョコレートに口を付ける。

――甘いな……。

少し苦い顔になるオスカーとは対照的に、

「美味しい」

アデルは幸せそうな顔でつぶやいた。しばらくチョコレートの甘さを味わうように黙っていたあと、おもむろに口を開く。

「私が好きなのは国語の授業です。私、作家になるのが夢なんです」

「へえ、すごいね。だったら、知ってる出版社がいくつかあるから紹介しようか？」

「え――いえ。今日初めて会った方に、そんな図々しいことお願い出来ません」

さっき帽子を断ったのと同じように、やはりアデルはきっぱりとオスカーの申し出を断った。

オスカーの胸に、かすかな苛立《いらだ》ちが湧き上がった。

先ほどの上級生たちとのやりとりから、相手が年長だろうと何だろうと、物怖《ものお》じしない性分《しょうぶん》の少女だとわかった。それなのに――今は、初対面の相手に対して単純に遠慮をしているのか。

それとも、自分がどれほどの金と権力を持っている人間なのかを知らないだけか――。

周囲に神経を向ければ、生徒や父兄たちがちらちらとこちらを見ては「エルデヴァド家の若様だ」「一緒にいるのは誰かしら」などとささやき合っている。だがアデルはそのことに気づいていないようだった。

　生まれ育ちの違いは、こんなところにも表れる。オスカーは、望むと望まざるとに拘《かかわ》らず、注目されることに慣れている名門貴族の子息なのである。

　オスカーは胸を押さえて深く息を吸った。

　アデルが本当に純粋な少女であればいい。そう願う気持ちと、もう騙《だま》されるものか、慎重に見極めなければ――信じて裏切られるのはもうたくさんだ、という頑《かたく》なな気持ちが胸にせめぎ合っている。

　とにかくこの少女に、自分がとてつもない金持ちで、なんでも持っていてなんでも思いのままになることを教えてやろう。それを知ったら、態度も変わるかもしれない。同じ金持ちでも、会ったこともないロマンスグレー（想像）の『チョコレートおじさま』と、現実に目の前にいる姿の良い青年とでは、若い娘がどちらを取るかは知れているではないか――。

「――アデル。君は、エルデヴァド公爵家《こうしゃくけ》を知っているかな」

　優しく問いかけると、アデルは小さく頭《かぶり》を振った。

「いいえ……あまり。すみません。私、貴族の方のことをよく知らなくて」

「エルデヴァド家は、このフールガリアが立憲君主制になるずっと以前、『暗黒の時代』と呼ばれる暗愚《あんぐ》な専制君主がいた時代より、『血みどろの時代』と呼ばれる首斬《くびき》り王が君臨《くんりん》していた時代よりももっと前から続く、とても歴史の古い家柄《いえがら》だよ。国の南に持つ領地にはたくさんの鉱山があり、海には恵まれた地形の港があって外国との貿易も盛んだ」

「……要するに、とてもお金持ちでいらっしゃる、ということですか」

「そう。エルデヴァド家全体の年間の収入と、私個人が年間に動かせる金額を教えようか？」

「結構です。私、お金のこともよくわからないので……聞いてもきっと、すごさを理解出来ません」

　アデルはむっつりと答えた。

「それは残念だな。――でもね、エルデヴァド家が持っているのは金だけじゃない。先祖代々、国のために様々な面で働いた功を認められ、たくさんの勲章《くんしょう》をいただいている。女王陛下《へいか》すらもエルデヴァド家を蔑《ないがし》ろには出来ない。政界・財界に太いパイプを持ったエルデヴァド家に、この国で出来ないことはない」

「……」

　横を向くアデルに、オスカーは身を屈《かが》めて続ける。

「そう聞いたら、私に頼ってみたくはならない？　私が知り合いの出版社に口を利《き》けば、君の書いた小説はすぐ本になってフールガリア中で売り出されるんだ」

　オスカーが耳元でささやいた言葉に、アデルがキッと鋭い眼を返した。

「ええ、わかりました。あなたはきっと、とてもお金と力のある方なんでしょう。でも、私はそんなものに頼らず、自分の力で夢を叶《かな》えたいんです！　ご厚意は有《あ》り難《がた》いですが、そういう甘いささやきは別の方にして差し上げてください！　失礼します！」

アデルは一息に言うと、オスカーに向かってぺこりと頭を下げてから駆け去っていった。

「――……」

振り返りもせず駆けて行ってしまった少女の後ろ姿を見送り、オスカーは口元に苦い笑みを浮かべた。

――やり方を間違えたか……？

いや。アデルは世間を知らないだけだ。あれはただの世間知らずの潔癖《けっぺき》さだ。

今日、こうして自分と歩いていたことをクラスメイトが知れば、あとで彼女たちからオスカー・エルデヴァドが何者かを教えられるだろう。本人から聞かされた家柄自慢より、第三者から教えられる方が説得力がある、という場合もある。

そう、まだわからない。アデルはこのお嬢様学校に通い始めたばかりだ。これからもっと、自分と富裕層との感覚の違いを実感することが増えるだろう。周りが持っていて自分が持っていないものを、欲しくなり始めるだろう。

――金をもらっても遣《つか》い方がわからないというなら、プレゼント攻勢だ。

屋敷へ帰ったオスカーは、『ジェイ・リード』としてアデルに贈り物の手配をし、理事のオスカー・エルデヴァドとして寄宿舎宛《あ》てに寄付の手配をした。

◆3

チョコレートおじさま

ルベリア女学園にて　十二月

バザーは無事に終わりました。おじさまが来てくださらなくて残念でした。

リンディア様と私の出品物は、あっという間に売り切れてしまいました。もちろん、リンディア様の人気のおかげです。私はおまけです。

無事に――と書きましたが、ちょっとだけ、事件があったりもしました。いえ、事件と言うほどのことでもないのかもしれませんが……理事の方に失礼なことをしてしまったのです。

バザー当日、私は学園長先生の言い付けで、オスカー・エルデヴァドという理事の方をご案内しました。二十代半ばくらいで黒髪の、長身でとても姿の良い男性でした。

実は私、若い男の方とお話をするのはこれが初めてと言っていいくらいだったのです。ずっと女子養育院で育って、時々力仕事を手伝いに来てくれる近所のおじさんはいましたが、これくらいの年齢の男の人と接する機会はまったくなかったのです。そのせいで緊張してしまって、うまくご案内出来るか心配だったのですが、やっぱり失敗してしまって――。

でも、悪いのは私だけではないと思うのです。このオスカー・エルデヴァドという方、とても鼻持ちならない貴族のボンボンだったのです。私が作家志望だと知ると、私がどんなものを書くのかも知らないのに、出版社に口を利《き》いてあげようかなんて言い出しました。自分は歴史ある公爵家《こうしゃくけ》の人間で、この国で出来ないことは何もないから、と。

私は別に、ひがみ根性でそれを断ったわけではありません。ただ、あの人の偉《えら》そうな態度にとても腹が立ったのです。

だって、あの人は偶然貴族の家に生まれただけで、自分が何の努力をしたわけでもないじゃありませんか。貴族の家に生まれるか、孤児院の前に捨てられるかは、ほんの紙一重《かみひとえ》の偶然の差だと思いませんか？　あの人が孤児院の前に捨てられて、私が貴族の家に生まれて、あの人が通う学校に私が理事として訪れる偶然だってあったかもしれないのに。

もちろん、同じお金持ちでもおじさまは違うとわかっています。おじさまはきっと、家柄《いえがら》と財産に恵まれながらも、若い頃から様々な努力をされてきたのだと思います。だからこそ、このように哀《あわ》れな孤児に援助をしようなどと奇特《きとく》な行いをなさるのだと思います。

あ、でもひとつだけ、あの人に感謝しなきゃ、ということもありました。

あの人と話したおかげで、私は気づかされたのです。夢を叶《かな》えるためには、待ってちゃ駄目だ、もっと自分から積極的に行動しなければいけない、って。

だから私、バザーの翌日、早速行動しました。これまでに書き溜《た》めた小説の原稿を出版社に持ち込んだのです！

『レイン出版』というその出版社は、寄宿舎から歩いて四十分もかかるところにありましたが、調べてみたらそこが一番近かったので、とにかく当たって砕けろと思って訪ねたのです。編集部には若い男の方がひとりしかいなくて、彼が編集長だとのことでした。

編集長のユーディ・レインさんは、私の原稿を笑顔で預かってくださり、数日後には丁寧《ていねい》なアドバイス付きで原稿が送り返されてきました。出来はまだまだだけど見込みはある、と言ってくれました。勇気を出して持ち込んでみてよかったです。

私は、内容も見ずに本にしてくれるという親切より、きちんと悪いところを指摘してくれる親切を望みます。また新しいものを書いたら、レインさんのところへ持っていこうと思います。いつかレイン出版から私の本が出たら、おじさまに送りますね！

執筆意欲メラメラの　アデル・バロット

◇――＊◆＊――◇

「これはどういうことだ！」

所はレイン出版。王都《ネルガリア》の外れ、三階建ての建物の二階に間借りした小さな出版社である。仕事がある時だけやって来る社員がふたりいるが、普段は社長兼編集長のユーディしかいない。怒鳴り込んできた友人に対し、編集長席に座るユーディは呑気《のんき》に訊《たず》ね返した。

「どういうことって？」

「アデルがここへ来たのか」

「うん、数日前にね。短編小説を八本も持ってきたよ」

「なぜ俺に黙っていたんだ」

「わざわざ報告しなくても、アデルからの手紙でわかると思ったからさ」

「ふん」

不機嫌《ふきげん》丸出しの顔をしたオスカーは、粗末な応接セットのソファにどかっと座り、これ見よがしに長い脚《あし》を組む。

「何をそんなに怒っているんだい？　別に僕が呼んだわけじゃない。偶然、彼女がここを調べてやって来たんだよ」

ユーディが向かいのソファへ移動すると、オスカーは拳《こぶし》をテーブルに叩きつけて言った。

「どうして俺のことは『鼻持ちならない貴族のボンボン』で、おまえのことは『親切な人』なんだ！　なんでおまえの方が受けがいいんだ！」

「へえ……手紙にそう書いてあったの？　ってことはなに、君、アデルの前に姿を見せたの」

ユーディの問い返しに、オスカーは少しばつの悪い顔になって横を向いた。

「……『篤志家《とくしか》ジェイ・リード』としてじゃない。オスカー・エルデヴァドとして会ったんだから、問題ないだろう」

「問題ないも何も、根本的にルール違反な気がするけど……」

首を左右に傾けてから、「ま、いいか」とつぶやくユーディである。

「君が『ジェイ・リード氏』だとばれてないんなら、いいとしようか」

そう言うと、オスカーはさらに不機嫌顔になった。

「全然まったく、これっぽっちもばれていない。アデルは『ジェイ・リード氏』をチョコレートのようなダンディだと思っているからな」

「チョコレート・ダンディか――まあ、あながち間違ってはいないよね」

「俺はロマンスグレーのおじさまじゃないぞ。レース編みもしないぞ」

「そういうことじゃなくて、さ」

遊び慣れているように見えて実は夢見がちで純情な甘さと、育ちに恵まれ過ぎて却《かえ》ってひねくれてしまった扱いづらい苦さを併《あわ》せ持っている。

――血統書付きの極上チョコレートだけど、誰でも味わえる代物《しろもの》じゃないのが、オスカー・エルデヴァドだよね。まあ言い換《か》えれば、「面倒臭《くさ》い王子様」なんだけどさ。

小さく笑うユーディを、オスカーが睨《にら》む。自分をチョコレートに喩《たと》えられるのは甚《いた》く不満らしい。

「でも君、『鼻持ちならないボンボン』なんて、一体アデルに何をしたんだい」

「……何もしていないさ。出来なかったんだ。アデルが嫌がらせをされているところに居合わせたから、救《たす》けてやろうとしたら、全校生徒憧《あこが》れのお姉様が現れて、場を収めてしまったからな。俺の出番はナシだ」

「へえ……」

「そのまま帰るのも何だし、ちょっとエルデヴァド公爵家について説明してやった。それから、俺なら君の小説をすぐ本にしてやれる、とささやいただけだ」

「あー、そりゃ駄目だよ。小説を書く人間なんて、読んでもらって感想が欲しいんだからね。中身を読みもしないで本にしてやろうなんて、それは確かに感じの悪いボンボンだ。アデルに嫌われるのも無理はないよ」

「嫌われたわけじゃ——」

オスカーは立ち上がって反論しかけて、動揺をごまかすように慌《あわ》てて腰を下ろす。

「……ないだろう、別に。ただちょっと、いろいろ感情の行き違いがあっただけだ」

「ふぅん、アデルに嫌われたくないんだ?」

にやにやしながら訊《たず》ねるユーディをオスカーはまた睨むと、話題を変えた。

「——ところで、アデルの小説はどうだったんだ?　本当に見込みがあるのか」

「うん……そうだね。まだまだ粗削《あらけず》りだけど、面白い感性の持ち主だと思うよ。もうちょっと視野が広がったら、いいものを書くんじゃないかな」

「……そうか」

「純文学には向かない気もするけどね。あの子の感性を生かすには、もっと別の方向もあるんじゃないかなあ……あのネズミと王子様の話とか……」

感想をぶつぶつつぶやくユーディに、オスカーは仲間外れにされた子供のような顔をすると、

「今度アデルが小説を持ち込んできたら、俺にも見せろ。いいな」

そう念を押して帰っていった。ユーディはまたひとつ、笑みをこぼす。

――荒療治《あらりょうじ》のつもりだったけど、かなりアデルに興味を持ったみたいだなあ、あいつ。

そんなオスカーこそ興味深い。身分と容姿のせいで近づいてくる女には事欠かず、自分からあれこれ作戦を練って女の気を引こうとしたことはないはずだ。

はてさて、この賭《か》けの顚末《てんまつ》はどうなることやら――……。

ユーディの出版社を出たオスカーは、真っすぐ屋敷へ帰る気にはなれず、辺りをぶらぶら歩いていた。もしかしたら、今日またアデルが原稿を持ち込みに来るかもしれない、この辺にいれば会えるかもしれない、という期待もあった。

青臭《あおくさ》い十代の男子学生か――と我に返る前に、期待は半分だけ叶えられた。近くの郵便局の前で、アデルと鉢合《はちあ》わせたのである。

「あ」

グレーのシンプルなコートを着て大きな包みを抱《かか》えたアデルが、オスカーに気づいて足を止

めた。会えたのはいいが、原稿の持ち込みではなさそうだった。

「やあ」

内心では偶然に驚きつつも、オスカーが平静を装《よそお》って歩み寄ると、

「あの……この間は、失礼しました。無礼をしたことを学園長先生に黙っていてくださって、ありがとうございました」

アデルはぺこりと頭を下げる。しかし大きな荷物を抱えているので、バランスを崩して転びかける。オスカーが慌てて腕を伸ばして抱き留《と》めると、真っ赤になって飛び離れた。

「あっあの……っ、すみません……っ」

手紙に書かれていたとおり、若い男に免疫《めんえき》がないというのは本当のようだ。まさかバザーの時に緊張していたとは気づかなかったが、精一杯虚勢を張っていたのだろうか。そう思うと、可愛《かわい》く見えてくる。

「今日はそんな大荷物を持って、どうしたんだい？」

バザーでは喧嘩《けんか》別れをしたような格好になったが、大人の余裕でそれを水に流しましたという顔で、オスカーはアデルに優しく声をかけた。

「あ、小包みなんです。——見た目は大包みですけど」

アデルは郵便局の方を見遣《みや》りながら答える。荷札《にふだ》に『ジェイ・リード』という名がちらりと見え、オスカーは眉《まゆ》を動かした。

「伯父《おじ》が高価なプレゼントをたくさん送ってきて――送り返すんです」

「どうして？　もらっておけばいいじゃないか。きっとバザーに来られなかった詫《わ》びだろう」

オスカーの言葉に、アデルは首を横に振った。

「お詫びなら、言葉で十分です。品物なんていりません」

「伯父さんは何を送ってくれたの」

「豪華な毛皮とか帽子とかアクセサリーです。そんなの、学生の私には必要ありませんから」

「でも、女の子ならそういうものはたくさん欲しいんじゃないのかな」

「そういう人もいるかもしれませんけど――私はあんまり興味ありません」

「それはもったいないな。せっかく若いんだから、お洒落《しゃれ》を楽しまなきゃ。伯父さんはきっと、綺麗に着飾った君を見たいんだよ。――私も見てみたいな。そんな地味なウールのコートはやめて、毛皮を着てみたら？」

アデルの視線が、オスカーの着ている黒貂《セーブル》の毛皮に向けられる。

「高価《たか》そうですね……」

「ああ、これ？　そうだね、黒貂だから結構値が張るね。こういうのが欲しいのかい？　だったら買ってあげようか。向こうに馬車を待たせているから――」

「結構です！」

オスカーの言葉を遮《さえぎ》り、アデルは大きな瞳《ひとみ》を瞠《みは》ってオスカーを睨んだ。

「どうしてあなたはいつも、そうやって簡単に『買ってあげようか』なんて仰《おっしゃ》るんですか？　私の顔、そんなに物欲しげに見えますか？　『何か恵んでください』って言ってるように見えるんですか!?　私はあなたにとって赤の他人です。あなたが私に高価な物を買い与える義理なんてないはずです。——私、お金の遣《つか》い方がわからない子供ですけど、あなたもお金の遣い方がわかっているとは思えません。あなたは私より大人なんですから、その辺もっとちゃんと考えた方がいいと思います！」

一息にそう言うと、「失礼します！」と続けて、アデルは郵便局へ駆け込んでいった。

——どうしてまた、こんな喧嘩別れみたいになったんだ？

憮然《ぶぜん》とするオスカーである。

俺はただ、毛皮が欲しいなら買ってやろうかと言っただけじゃないか——……。

今まで自分の周りに、こう言って怒る女はいなかったのだ。皆喜んで店へ駆け込み、品物を選び始める——それが普通だったのだ。せっかくもらったプレゼントを、送り返すために郵便局へ駆け込む娘など初めて見た。

——いや、違う。

それを普通にしたのは、俺自身か——？

突然、世界を別の角度から見せられたような感覚に陥《おちい》り、オスカーは愕然《がくぜん》と立ち尽くした。

アデルに対しては、賭けのこともあって意図的に贅沢《ぜいたく》を覚えさせようとプレゼント攻勢を仕掛けたが、これまで付き合ってきた女性に対しても、無意識に同じことをしていたのかもしれない。

もちろん初めから財産目当ての女もいただろうが、それを見抜けなかったのは自分にも隙《すき》があったということだ。それはそれとして、中には、本性を現したなどと聞こえの悪い話ではなく、自分の対応が相手を変えてしまった——ということもあったのかもしれない。

欲しい物を買ってやるのも、高級な店へ食事に連れてゆくのも、別段財産や家柄をひけらかしているつもりではなかった。それが自分の、普通だったから。相手の喜ぶ顔を見るのが嬉《うれ》しいから。単純な理由からの行動だったが、上流階級の普通に相手を付き合わせた結果、『オスカー・エルデヴァドは大きな財布と便利な名刺を持つ男。ただそれだけ』と思わせたなら、罪は自分にもある。要は、自分で自分を利用しやすい男に見せていたのだ。

アデルを世間知らずだなどと笑えない。

——結局のところ、俺も世間知らずだったというわけだ。

だが、生まれた時から持っていた物を、これからも持ち続けてゆく物を、ないものには出来ない。エルデヴァド公爵家の名も、莫大《ばくだい》な財産も、すべてを背負った上で人と付き合うことの難しさは、身軽な身分の人間には決して理解出来ないだろう。かといって、己《おのれ》の未熟に気づいたところで、俄《にわか》にはどう対処していいのかわからない。周囲の人々にとって、自分は紛《まぎ》れもないエルデヴァド公爵家の跡取りであり、その名に恥じぬよう振る舞わねばならないのだから。

今まで出会った人間の中で、おそらくは一番、物を持たない少女——アデル。金や身分にこだわらず、多くの物を望まない彼女なら、自分が背負っている物を無視した関係の築き方を、教えてくれるだろうか。

「——……」

待たせている馬車へと歩きながら、

——ひとまずは、次に来る手紙で文句を言われることは覚悟しなければいけないな。

口元を苦く歪《ゆが》めるオスカーだった。

◇——＊◆＊——◇

ルベリア女学園にて　十二月

チョコレートおじさま

たくさんのプレゼントをありがとうございました。

けれど私はこれらのすべてを受け取るわけにはいきません。

新しい服を三着と、新年パーティ用のドレスとそれに合わせるアクセサリー（シンプルなもの）、身の回りの小物数点（可愛いベルの付いた目覚まし時計や暖かい室内履《スリッパ》きなど実用出来る物）は有り難く頂戴《ちょうだい》いたします。が、それ以外の物（学生の身分に相応《ふさわ》しくない、豪華すぎる毛皮や宝石など）は不要につきお返しします。

私は作家になるために学校へ入れていただきました。勉強をするのに、贅沢品はいりません。生活に必要な最低限の物さえあれば、私は大丈夫です。

私にこんなことをしてくださるお金があるなら、どうか、その分をまた別の孤児のために使ってください。おじさまのような方の援助を待っている孤児は、国中にたくさんいるはずですから。

ひたすら勉学に励む　アデル・バロット

ルベリア女学園にて

チョコレートおじさま

立て続けにすみません。

昨日、おじさまにプレゼントを送り返すために行った郵便局の前で、オスカー・エルデヴァドさんと出くわしました。

お金持ちって、本当にどういう頭の構造をしているのかわからないですね。お金を湯水とでも思っているのでしょうか。

おじさまは違うと信じています。私が要《い》らないと言ったものは、もう送ってくださったりなさらないですよね？

そういえば、バザーの時にあの人と一緒に歩いていたからって、嫌味を言ってくる人がいるのです。あんなお貴族根性丸出しの鼻持ちならない人なのに、女性に人気があるんですね！

（まあ見た目はいいですけど！）

それから今日、あの人から寄宿舎宛《あ》てに寄付が届いたんです。大きくて豪華な柱時計で、玄関ホールに置くことになりました。みんなは喜んでいましたが、私は養育院での生活を思い出して、少し胸が苦しくなりました。

と言うのも、私は養育院にいる間ずっと、院中の時計のネジを巻く係だったのです。玄関の大きな古時計のネジを巻くのが一番大変でした。何しろ古いので、コツが要るのです。

時計によって、毎日だったり一週間に一度だったり、ネジを巻く頻度《ひんど》は違うのですが、ぎりぎりとネジを捻《ひね》りながら、私はいつも想像していました。

——私がこれを回すのを忘れたら、この養育院の中だけ時間が止まってしまう——私だけが動き回れて、自由に遊び回れる——そんな面白いことがあったらいいのに。

実際は、私がネジを巻くのを忘れて時計が止まってしまったら、罰として夕食が一品抜かれるのですが（特に玄関の時計が止まると目立つので、その時は二日間食事が減らされました）。ここへ来てからはそんな仕事のことは忘れていたのですが、あの柱時計のおかげで、しばらくは思い出してしまいそうです……。

ウールのコートで十分　アデル・バロット

案の定、アデルから文句の手紙が立て続けに来たが、

――そんなつもりで柱時計を贈ったわけではなかったんだ……！

予測を超えた落とし穴に、オスカーは頭を抱えた。

いや、だがあの時計は最新式で、ネジを巻く必要はないのだが――そういう問題でもないのだろうな……。

孤児のデリケートな神経を、所詮《しょせん》貴族の自分は思い遣れないのだろうか。――いや、生まれや育ちの違いと言って、簡単に諦《あきら》めたくはない。何より、こうなったら、なんとしてもオスカー・エルデヴァドの名でアデルに喜んでもらえる物を贈りたくなってくる。

◇――＊◆＊――◇

「――ジョセフ！　十代の女の子に評判の食べものを調べろ。最新の情報を仕入れろよ」

「畏《かしこ》まりました、坊ちゃま」

白い顎鬚《あごひげ》が立派な執事《しつじ》のジョセフが、恭《うやうや》しく頭を下げる。

「『坊ちゃま』はやめろと言っただろう」

じいやに対する坊ちゃまの顔で文句を言ったあと、オスカーはキッと前を見据《みす》える。

――そう、俺は学習したぞ。あまり高価で後に残る物を贈ると、裏目に出る！　となれば、

食べもの《消え物》で行くまでだ――！（そもそもがチョコレート好きの娘だからな！）

最早《もはや》、当初の目的とはズレたところに情熱を燃やし始めていることに、気づいていないオスカーだった。

4

チョコレートおじさま

ルベリア女学園にて　一月

学校は冬休みに入りました。

大半の人は家に帰って新年を家族と過ごすのですが（同室のふたりも帰ってしまいましたが）、中にはいろいろ事情があって寄宿舎に残る人もいます。なので私は寂しくありません。どうかご心配なさいませんように。

実は、「家に帰らないのなら、冬休みはわたくしのところに来ない？」とリンディア様のお宅に招待されたのですが――お断りしたのです。別に、リンディア様のファンからまた嫌がらせをされるのを恐れたわけではありません（私は、やられたらやり返します！）。

それはもちろん、リンディア様のおうちにはとても興味がありました。でも私、よそのご家庭に押しかけるのが怖かったのです。

私は家族を知りません。家庭というものがわかりません。憧《あこが》れるけれど、いざそこへ招待されると、尻込《しりご》みしてしまうのです。こんな気持ち、おじさまにはおわかりにならないでしょうね。きっとおじさまは、温かいご家族に囲まれているのだと思います。だから溢《あふ》れ出るその温かい気持ちを、孤児に援助という形で与えることが出来るのだと思います。

人が少なくなった寄宿舎ですが、新年パーティはちゃんと開かれました。みんなで食堂に飾り付けをして、ちょっとした余興《よきょう》なんかも披露《ひろう》して、楽しく過ごしました。

そうそう、ちょうどパーティの日、オスカー・エルデヴァドさんからご馳走《ちそう》の差し入れが届きました。最近評判のレストランからの宅配で、たくさんの肉料理や魚料理、デザートもいっぱい！　その日だけでは食べ切れず、翌日もみんなで食べました。

温かいものや甘いものをお腹《なか》いっぱい食べると、心と身体《からだ》が幸せで満たされますね。この時ばかりは、あの鼻持ちならないオスカー・エルデヴァドさんのことも、愛せる気持ちになりました（でもやっぱり、玄関の大きな柱時計を見ると、「ネジを巻かなきゃ！」って追い立てられるような気分になっちゃうんですけど）。

エビのクリーム煮がお気に入り　アデル・バロット

◇——＊◆＊——◇

——要するに、まだ色気よりも食い気のお子様なんだな。

毛皮や宝石よりも、チョコレートやエビのクリーム煮の方がアデルの心を釣れるらしい。手紙を読みながら、オスカーはくすりと笑った。しかしすぐに、小さくため息をつく。こんなことなら、直接料理を届けに行けば、機嫌《きげん》のいいアデルを見られただろうに。美味《おい》しいものを食べて笑顔になるアデルを見たかった——！

だがオスカーも年明けはいろいろと忙しかったのだ。女王陛下《へいか》の新年晩餐会《ばんさんかい》を始めとして、顔を出さなければならない席がたくさんあった。家を継ぐ前で自由の利《き》く身とはいっても、しがらみがまったくないわけではないのだった。

その後、新年の社交週間から解放されたオスカーは、張り切ってルベリア女学園の傍《そば》をうろつき始めた。

寄宿舎と学校とは同じ敷地内にあるのだが、門限さえ守れば外出は許される。近くを張っていれば、ルベリアの制服を着た女学生たちがキャッキャと楽しげに歩いている姿を見ることが出来るのだ。

学園長を訪ねてきた帰りを装《よそお》ったり、散歩のふりをして、さりげなく学園周辺をぶらぶらしながら、アデルを見つけたら声をかける。アデルはルームメイトのジェシーやマリといることが多く、ふたりと約束があるからと素気なくあしらわれてしまうのがほとんどだったが、たまにひとりでいるのを見かけた時は、多少強引に出てお茶に誘った。

「……どうしていつもあなたはこの辺にいるんですか？　お仕事はないんですか？　暇《ひま》なんですか？」

むっつりと訊《たず》ねるアデルの口元には、チョコレートクリームが付いている。ケーキを餌《えさ》に誘えば、嫌々ながらも一緒に喫茶店へ入ってくれるのである（もちろん、高級すぎる店ではなく、学生でも気軽に入れる店を選ぶ必要はあるが！）。

「暇というわけじゃないけどね。君が以前に言った、『有意義なお金の遣《つか》い方』について考えてみたのさ。それで、甘いものが好きな女の子にお菓子をご馳走してあげたくなってね。――どう、これは無駄遣いかい？」

「……変わった方ですね」

初めは不機嫌そうにしているアデルも、ケーキを食べ進めるうちに機嫌が直ってくる。そうすると、日常生活・学校生活のことなどを楽しく話し始める。それで『チョコレートおじさま』への手紙に書く前のことを知れたりすると、妙に得をした気分になる。あとで手紙をもらって、同じことを改めて報告されて、「もう知ってるんだけどね」と優越感に浸《ひた》る。

――何をやっているんだ俺は。

『チョコレートおじさま』も自分なのに、アデルが慕《した》う『おじさま』に変な対抗心が芽生えていた。『おじさま』よりも、オスカー・エルデヴァドである自分を頼りにして欲しい――そんな風に思うようになっていた。

「伯父《おじ》は、とても優しい人なんです。いつも私のことを気に懸《か》けてくれているんです。時々、過保護すぎて余計なものまでプレゼントしてくれるのが問題なんですけど——でも、私のことを思ってしてくれていることですから、嫌いになったりはしません」

優しい『おじさま』の自慢をするアデルに、それは自分だ、と言ってしまいたくなる。しかしそれを明かしたらおしまいだ。

「ところで、あなたはスケートはお得意ですか?」

「え?」

「そ、そう」

「昨日、靴下に穴が開いたんです」

「妖精の国を信じますか?」

「さあ、どうだろう……」

「さっき、道でこんなものを拾ったんですけど、何でしょうね」

「耳……?　ぬいぐるみのクマの耳っぽいね」

「そっか、ぬいぐるみの耳……!　ということは、街のどこかでぬいぐるみのクマさんバラバラ事件が……!?」

アデルの話は、あちこちへ飛ぶ。脈絡《みゃくらく》がない。本人の中では繋《つな》がりがあるのかもしれないが、オスカーにとっては、突然突拍子《とっぴょうし》もない話題を投げかけられ、それに面喰《めんく》らっている間にまた別の話題に移り、呆然《ぼうぜん》としているうちに「門限がありますから」とあっさり帰られてしまったりするので油断ならない。

「ところでこれ、授業で作った粘土細工なんですが、何に見えます?」

「ピラミッド——かな」

「ただのピラミッドじゃないですよ。こう、パカッと開けると——」

「わっ」

アデルはびっくり箱のような娘だった（粘土のピラミッドの中から飛び出してきたのはネズミの玩具《おもちゃ》だった!）。何が出てくるのかわからなくて、ずっと見ていたい、ずっと話を聞いていたいと思ってしまう。だが調子に乗ってこちらから話題を振ると、いつも話の雲行きがおかしくなり、喧嘩《けんか》別れのようになってしまうのだ（気をつけているつもりでも、なぜか家柄《いえがら》や財産をひけらかすような流れになってしまうのだ!）。

十も若い娘を相手に、何を振り回されているのか——。

苦笑いしつつも、アデルと会うのが楽しくてたまらないオスカーなのだった。

◆5 チョコレートおじさま

ルベリア女学園にて　四月

すっかり春になりました。

木の芽時は街に変な人が増えるから気をつけるように、と学校で注意がありました。でも私の周りには、冬のうちから変な人がうろついていましたけどね。そう、オスカー・エルデヴァドさんです。

ぶらりと私の前に現れては、ケーキをご馳走《ちそう》してくださるのです。学園の理事の方ですし、お相手をしなければ悪いかと思って付き合っていますが、変な人だと思います（いろいろな偉《えら》い方と親交があるらしいですが、だったら私みたいな小娘なんかとお茶を飲んでいないで、そっちへ行けばいいのに！）。

ああ、なんだか最近、いつもエルデヴァドさんのことばかり書いているみたいですね。別に毎日あの人とだけ会っているわけではないんですよ！　学校の傍《そば》の公園に棲《す》みついている猫と友達になったりもしてるんですよ（時々引っ掻《か》かれますけど！）。

公園といえば、ちょうど学校とレイン出版との間あたりに、少し大きめの公園があるのですが、そこが過ごしやすくてお気に入りの場所になりました。そして、そこで知り合ったおばあさんとよく話をするようになりました。会う度《たび》にいつも孫（男の子らしいです）の自慢をするのです。それを聞いていると、家族っていいなあと思います。私にもおじいさんやおばあさんがいたら、こんな風によそで自慢してもらえる孫になりたいな……なんて夢を見ます。

そうそう、もうすぐルベリア女学園の創立祭があります。校内は今、その準備で大忙しなのです。各クラスで演《だ》し物をやるのですが、私のクラスでは劇をやることになりました。私は小道具を作るのに興味があったので、裏方に回る気満々でいたところ、『声が大きい』というのを買われて、なんと役者に回されてしまいました！

私がやるのはヒロインの妹役で、狂言回《きょうげんまわ》しというか、物語の進行役のような存在です。つまり、台詞《せりふ》が多いのです。演技なんてしたことがありませんし、台詞をちゃんと覚えられるか不安ですが、ひとつだけ嬉《うれ》しいこともあります。金髪の鬘《かつら》をかぶれるのです！

この赤毛と、一時《いっとき》とはいえお別れ出来る時が来るなんて、夢みたいです。おじさまにも、金髪の私をご覧いただきたいです（たぶん、二割増しくらいは可愛《かわい》くなってるんじゃないかな）。

創立祭にはぜひいらしてくださいね！

今は鬘を梳《と》かすのが日課　アデル・バロット

◇――＊◆＊――◇

創立祭当日、オスカーは当然の如《ごと》くルベリア女学園を訪れた。『チョコレートおじさま』は当然の如く欠席である。

講堂で行われた式典で、理事として真面目《まじめ》な顔で祝いの言葉を述べたオスカーは、一応の仕事を果たすと、そそくさとアデルのクラスの様子を見に行った。しかし劇の準備で忙しいからとまったく相手にされず、仕方がないので客席でアデルの出番を待つことにした。

客席は、理事などの貴賓席《きひん》、父兄席、生徒席と分かれており、オスカーは貴賓席である最前列ど真ん中に陣取った。そこで他の理事たちと談笑しながら時間を潰《つぶ》していると、やがて一年生から順番に演し物が始まった。アデルのクラスは三組なので、三番目だった。

二組の演し物が終わり、いったん舞台の幕が下りた。続いて三組の演目を紹介するアナウンスがあり、するすると幕が開く。まず舞台上手《かみて》にひとりで立っているのがアデルだった。長い金髪の鬘をかぶり、白いドレスを着て、普段より大人っぽく見える。客席から大勢の注目を浴びるアデルの緊張が見て取れて、オスカーの方まで一緒に緊張してきた。

――頑張れアデル、台詞を忘れてもアドリブで乗り切れ！　それくらいの度胸はあるだろう――！

大きく息を吸ったアデルが、最初の一声を発しようとした時だった。

客席の後ろの方からざわっとどよめきが上がった。

何事かと振り返ると、生徒席で大きな布の幕を掲《かか》げている生徒が何人かいた。皆に見えるようにいろいろな角度に向けられる幕には、大きな文字で『アデル・バロットの真実！　彼女は実は孤児だった！』『アデル・バロットの家は、イゼー女子養育院』などと書かれている。

「！」

オスカーが慌《あわ》てて舞台に目を戻すと、舞台上からもその文字が読めたのだろう、アデルが蒼《あお》ざめた顔で立ち尽くしていた。

「アデルが孤児……？」

「そういえば、変だと思ってたのよね。みんなが知ってるような当たり前なことを知らなかったりして……」

生徒たちのざわめきは父兄席にも伝染し、「どういうことですの」「ここは血筋の正しい娘しか入学出来ないのではなかったのか」と教師に詰め寄る者も現れた。教師たちは幕を広げている生徒を叱《しか》って事態を収拾《しゅうしゅう》しようとするが、もう手遅れだった。講堂中の人間が、舞台上のアデルを不審そうな目で見ている。

おそらく、リンディアに可愛がられているアデルをやっかんだ生徒たちが、アデルの素性《すじょう》を探り出したのだろう。風変わりで目立つことをするアデルは反感も買いやすいようで、幕を掲げていた生徒たちの他にも、あることないこと噂話《うわさばなし》を広げている生徒がそこここにいる。

騒然とする客席を前に、アデルはくちびるを噛《か》んで舞台袖《そで》へ駆け込んでしまった。

「アデル！」

オスカーは席を立って舞台裏へ回ったが、アデルは鬘を外して外へ飛び出していったという。

複雑そうな表情でこちらを見るアデルのクラスメイトたちに、

「アデルは君たちの仲間だろう。どこで生まれて育ったかということより、この学園で一緒に過ごした日々のことを信じなさい」

そう言い置いてからオスカーはアデルの後を追った。

しばらく付近を捜し回ると、寄宿舎の裏山で白いドレスの少女を見つけた。

大きなクルミの木の下で、身体《からだ》を小さく縮こまらせ、肩を震わせてアデルは泣いていた。

「――アデル」

そっと声をかけると、アデルはゆっくり顔を上げた。

いつも明るくて元気なアデルが、ひどく打ちのめされた表情をしていた。泣き腫《は》らした真っ赤な眼《め》が痛々しかった。

「……エルデヴァドさん……」

こういう時に、なんと言ってやればいいのかわからなかった。とにかく心配で追いかけてきたが、孤児であるという素性を暴かれて泣いている少女を前に、どうしてやったらいいのか。

無言のオスカーに対し、アデルは涙に濡《ぬ》れた頬《ほお》を歪《ゆが》めて口を開いた。

「私が孤児だって知って、変に気を懸《か》けて損したと思ってるんでしょう。私にご馳走《ちそう》してくださっても、何の見返りもありませんよ」

「見返りだなんて――そんなものを求めてはいない」

オスカーがきっぱりした口調で言うと、アデルはさらにくしゃっと顔を歪めた。

「じゃあ、私に何の用があるんですか？　こんなところまで追いかけてきて、何が知りたいんですか」

「アデル」

「知ってますか、エルデヴァドさん。孤児院で養女として人気があるのは、金髪巻毛で青い瞳《ひとみ》の女の子。親族に犯罪者や悪い病気を持っている者がいないかどうか、家系もちゃんとわかっているのが望ましい――。子供が欲しくてやって来る人は、みんなそういう子を探しているんです。私は家系もわからない捨て子で、赤毛で痩《や》せっぽちで何の取《と》り柄《え》もない女の子で、誰からも欲しがられませんでした。だから十六になる年まで孤児院に居残ってました。――本当は、私だってわかっているんです。想像の余地があったって、可能性なんかゼロなんです。どんなに想像したって、お守りはただの玩具《おもちゃ》で、私はただの捨て子。どこかの王国の姫君でも、妖精族のお姫様でもない――」

「アデル！」

自暴自棄《じぼうじき》になったように饒舌《じょうぜつ》に喋《しゃべ》るアデルを、オスカーはたまらなくなって抱きしめた。

「やめてください……何のつもりですか……！」

アデルは頭《かぶり》を振ってもがいたが、強い腕から逃れられないとわかると、オスカーの胸に顔を埋めて泣きじゃくり始めた。

「う……っ、ひっく……私だって……好きで孤児院の前に捨てられたわけじゃないし……っ、せめて、楽しい想像でもしなきゃ……明日も頑張ろうって……力が、出ないし……っ」

「アデル……！」

この少女は、ずっと強がっていたのだ。誰かに守ってもらいたくて、けれど縋《すが》れる腕を知らなかったのだ。だから必死に想像力を働かせて、自分で自分の心を守ろうとしていたのだ。

腕の中で小さな身体を震わせて泣く少女が、愛《いと》しくてたまらなかった。

だが俺は――……。

オスカーはアデルを抱きしめながら強く拳《こぶし》を握った。

賭《か》けなどしたことを心底後悔した。これがただの、気紛《きまぐ》れの援助だったなら。実は自分が――と今ここで『チョコレートおじさま』の正体を明かせるのに。そうして、彼女が慕《した》う優しいおじさまとして彼女を慰《なぐさ》められるのに。

アデルに賭けのことを知られたくない。自分が嫌われるのも辛《つら》いが、何より、この少女をこれ以上傷つけたくなかった。

かける言葉に悩み、ただ名前を呼んで頭を撫《な》でてやることしか出来なかった。そんなオスカーの心中を知ってか知らずか、一頻《ひとしき》り泣いたアデルは涙を拭《ぬぐ》って顔を上げた。大きな茶色の瞳には強い光が戻っていた。

「――すみません。みっともないところを見せました。学校へ戻ります」

「……大丈夫かい？」

オスカーの顔がよほど心配そうに見えたのか、アデルはくすっと笑って答えた。

「私は何も悪いことはしていません。ただ捨て子だっただけです。不運な孤児でも、親切な篤志家《とくしか》に見出《みいだ》され、チャンスを得て、学校へ入れてもらえた。そりゃあ、ちょっとだけ見栄《みえ》を張って、嘘《うそ》をついちゃいましたけど——それはみんなに謝ります。私は絶対にここで頑張って勉強をして、立派な作家になってみせます！」

「強いな、君は」

思わず釣られて笑顔になるオスカーだった。

アデルを連れて学園へ戻ると、リンディアやアデルの友人たちが事態を収拾しようと奮闘していた。中でも、侯爵《こうしやく》令嬢であり生徒たちに絶大な人気を誇るリンディアの発言は大きな効果を発揮した。

「捨て子だなんて、夢があると思わないこと？　もしかしたらアデルは妖精国の王女様かもしれないし、実はこっそり大富豪に見初《みそ》められて、花嫁教育のためにこの学校へ入れられたのかもしれなくてよ。いずれ、素敵な男性がアデルを迎えに来るかもしれないわ」

当たらずとも遠からずなことを言ってくれるものだ——と思わず感心してしまったオスカーだが、

——今のアデルには、男女の愛よりも家族の愛が必要なんだろうな。

小さな子供のように泣きじゃくるアデルを見て、強くそれを感じていた。

オスカーは大きく息を吸い込んでから、アデルの肩を抱いて講堂の中央に立った。

「このアデル・バロットは、正規の手続きを経てルベリア女学園に入学した。彼女の両親がどこの誰とわからないからといって、それを中傷《ちゅうしょう》するような真似《まね》を私は好まない。アデルを孤児だと差別するような、狭い料簡《りょうけん》の持ち主はこの学園にいないと信じている。――以上が、理事オスカー・エルデヴァドの見解だ」

堂々としたオスカーの宣言と、その横でにっこりと頷《うなず》くリンディアの微笑《ほほえ》みとの合わせ技で、騒動はひとまず収束した。生《お》い立ちを偽《いつわ》っていたことを謝るアデルに、クラスメイトの輪が温かく縮まってゆくのを見てから、オスカーは学園を後にした。

しかしその後――。

様子を心配して学園の周りをうろついてみても、アデルの姿を見かけることはなかった。どうやら外へ出かけず、寄宿舎と学校との往復に徹しているようだった。毎週のように来ていた『チョコレートおじさま』宛《あ》ての手紙も届かず、何か思うところがあるのかと考えると、学校にまで押しかけて状況を訊《たず》ねるのも憚《はばか》られ、オスカーはじりじりと落ち着かない日々を過ごした。

そうして、学校へ通わせる条件『一月《ひとつき》に一度の近況報告』をぎりぎり守る一カ月後、ようやくアデルから手紙が届いた。

◇――＊◆＊――◇

ルベリア女学園にて　五月

チョコレートおじさま

ご無沙汰《ぶさた》をお詫びいたします。

いろいろあって、お手紙を書こうとしてもうまくまとめられず、何度も書いては直しているうちに一カ月も経《た》ってしまいました。

もしかしたら学園長先生から報告が届いているかもしれませんが、実は創立祭の時、私が孤児であることが全校生徒の前で暴かれ、騒ぎになってしまいました。

でも、理事の方やリンディア様、クラスメイトたちも私の味方になってくれて、今は平和に学園生活を送っています。

ジェシーやマリ、クラスメイトたちは、謎の篤志家『チョコレートおじさま』に興味津々《しんしん》です。みんな、おじさまのことをあれこれ想像しています。私が「ロマンスグレーのダンディだと思う」と言うと、「白髪《はくはつ》のお年寄りかもしれないわよ」「もしかして女性だったりして」といろんな可能性を挙げてくれます。

まさか、クラスのみんなとこんな話で盛り上がれる日が来るなんて思ってもいませんでした。もっと早くに打ち明けていればよかったです。自分が人を信じなければ、人も自分を信じてくれない――そういうことですよね。

これからはもっと心を開いて、友達の家に招待されたら、遊びに行ってみたいと思っています。でも本当は、おじさまのところへ一番行ってみたいです。

生まれ変わった気分の　アデル・バロット

◇――＊◆＊――◇

「――……」

待ちに待ったアデルからの手紙を、オスカーは何度も読み返した。

どうして、俺のことが一言も書かれていないんだ――？

理事が味方をしてくれた――自分に関する言及はそれくらいのもので、寄宿舎の裏山でオスカー・エルデヴァドに慰められたことは書かれていない。街で会って喧嘩《けんか》になった時は、その様子を詳しく報告してくるのに。

彼女の中で、自分はどういう捉《とら》え方をされているのだろう？

取るに足らない存在だから何も書かないのか、それとも、『おじさま』にも言えない存在にしてもらえたのか――？（自惚《うぬぼ》れが過ぎるか!?）

もどかしい。正体を明かして、何も隠し事がない状態でアデルと話したい。

もやもやした気分を抱《かか》えながらユーディの出版社へ足を向けると、そこに思いがけない人物がいて仰天《ぎょうてん》したオスカーである。

「リンディア・バッジ――どうして君がここに!?」

粗末な応接セットのソファに、侯爵令嬢が楚々《そそ》と座っていた。

瞳《め》を見開くオスカーに対し、ユーディが悪怯《わるび》れない顔で言った。

「実は、僕たちはお付き合いをしているんだよ」

「ええ、そうなんですの」

「なんだと――!?」

これ以上、もう瞳《め》を見開きようがなかった。唖然《あぜん》とするオスカーにユーディとリンディアが交互に説明した。曰《いわ》く――

リンディアの趣味は慈善《じぜん》活動で、とある慈善集会の折にユーディと知り合い、恋に落ちた。齢《とし》も離れていれば身分も違いすぎる、秘密の恋だった。そんなある日、ユーディの友人であるオスカー・エルデヴァドがまた失恋のやけ酒に溺《おぼ》れ、女性不信が進行してしまった。心配したユーディは荒療治《あらりょうじ》を思いつき、作家志望の孤児を使って賭けを持ちかけた。

ちょうどリンディアが通うルベリア女学園は、オスカーが理事をしている学校でもある。アデルをそこに入学させ、アデルがオスカーのプレゼント攻勢に遭《あ》っても贅沢《ぜいたく》に溺《おぼ》れないよう、リンディアにアデルの後見《こうけん》を頼んだのだ。

「君は隠れていられずにアデルの前に姿を見せてしまった。そして僕は、アデルを観察兼守るためにリンディアに頼み事をした。お互い様だよ」

依然《いぜん》として悪怯れないユーディに、怒る気にはならなかった。むしろ有《あ》り難《がた》かった。アデルをひどく傷つけかねない賭け事だったが、ユーディは初めからアデルのケアを考えて、ルベリア女学園を選んだのだ。どうして学園一の人気者リンディア・バッジがアデルに興味を持ったのかが不思議だったが、つまりそういうことだったのか――。

オスカーは得心《とくしん》すると共に、友人の周到な計画に舌を巻いた。孤児を利用して平気な顔をしていたのは、きちんとアデルの傍に後見人を置いていたからなのだ。何より、ユーディが「身分も財産も関係なく男を愛せる女もいる」と主張した理由がわかった。こんな、齢も身分も離れた令嬢の恋人がいたからか。――というか、十歳下はアリなのか！

いろいろな意味で頭を打たれて天を仰《あお》ぐオスカーに、リンディアが言う。

「アデルはとてもしっかりしていて、わたくしが注意しなくても、贅沢な品物はすべて『おじさま』にお返ししていましたわ。わたくし、あの子が好きですわ」

リンディアの天使のような微笑みが眩《まぶ》しかった。潮時だ――そう感じた。オスカーは改めて友人と向かい合って座り、慎重に口を開いた。

「ユーディ――聞いてくれ。俺はもうこれ以上、この賭けを続けることは出来ない」

「オスカー」

「アデルは純粋な少女だ。『チョコレートおじさま』を演じてわかった。彼女は、財産や身分に群がる蜜蜂《みつばち》のような女とは違う。もう賭けは俺の負けでいい。いくらでもレイン出版に融資《ゆうし》してやる。だから、この話はここまでにして、賭けのことはおまえの胸の中にしまっておいてくれないか。くだらない賭けに利用されていたと知って、アデルを傷つけたくないんだ――」

切々と語るオスカーに、ユーディが「うん」と言って頷いた。

「君がそれでいいなら、僕に異論はないけど――」

賭けが事の発端《ほったん》であったことさえ闇《やみ》に葬《ほうむ》れれば、アデルに自分が実は『チョコレートおじさま』であることを明かしても問題はないのだ。どうしてずっと黙っていたのか、と文句は言われるだろうが、致命《ちめい》的な仲違《なかたが》いにはならずに済むだろう。

胸がすっと軽くなった気分で息を吐き出した、その時――。

入り口の扉の方からカタリと音がした。ひどく厭《いや》な予感がして振り返ると、わずかに開いた扉の隙間《すきま》から、アデルの大きな茶色の瞳《ひとみ》が覗《のぞ》いていた。

「――アデル……！」

予想外のエピローグ

その場を駆け去ったアデルを追いかけて、オスカーは全力疾走した。ここ久しく、こうまで全力で走った記憶はないほどに（しかも、女を追いかけて！）。

アデルはどこから話を聞いていたのか。自分が『チョコレートおじさま』だったこと、賭《か》けのためにアデルの援助を始めたこと、すべて知られてしまったのだろうか――！

出版社を出てすぐの通りで、アデルを掴《つか》まえた。

「待ってくれアデル、話を聞いて欲しい」

腕を取って脇《わき》の街路樹の方へ誘うと、アデルは素直に付いてきた。逃げ出そうとする素振りはない。

「すみません……あの、驚いて、逃げてしまって……私、レインさんに原稿を読んでもらおうと思って――持ってきたんですけど」

オスカーが弁解の口を開く前に、アデルは胸に封筒を抱きしめながら戸惑《とまど》い顔で言った。

「話を――聞いたのか？　つまり、お……私とユーディが、賭けをしていたことや……」

「あなたが『チョコレートおじさま』だったこと？」

やはり全部聞かれている――！

オスカーは頭を抱《かか》えて天を仰《あお》いだ。

「すまない。悪気があったわけじゃないんだ。ちょっとした人間不信と、酒の勢いで――！」

早口にこれまでの経緯《けいい》を説明すると、アデルは情報を頭の中で整理するように何度か瞬《まばた》きを繰り返したあと、案外あっけらかんと言った。

「じゃあ、バザーの時も創立祭の時も、本当はおじさまが来てくださっていたということなんですね」

「……まあ、そういうことに、なるかな」

「そっか……じゃあ、わざわざ報告の手紙を書かなくても、おじさまは全部知ってたってことですね。無駄な長い手紙を読ませちゃったかしら」

「いや、君の視点から見た出来事を読めて楽しかった！　無駄なんてことは全然！」

慌《あわ》てて手を振って答えながら、釈然《しゃくぜん》としないオスカーである。どうしてアデルはこんなに呑《のん》気《き》な態度なのか。

「騙《だま》されたと、怒っていないのか……？」

「え、そりゃ、まさかあなたが『チョコレートおじさま』だなんて思ってもいなかったから、びっくりはしてますけど――怒るなんて全然」

「どうして」

今度はオスカーの方がびっくりする番である。くだらない理由で賭けに利用されて、なぜ怒らないのかがわからない。

「だって、あなた方がそんな賭けを思いつかなければ、私は学校へ通わせてもらえなかったんですもの。怒るなんてとんでもないです、むしろお礼を言わないと。ありがとうございます」

ぺこりと頭を下げるアデルに、オスカーは絶句した。

——なんという素直さ、前向きさ！

こんな少女を賭けのネタにしたことを、自分は一生後悔して生きるだろう——。項垂《うなだ》れるオスカーに対し、アデルが不意に小さな声で謝った。

「……あの、ごめんなさい」

「どうして君が謝る？」

「私、あなたを利用しようと考えてしまったから」

「え？」

怪訝顔《けげんがお》をするオスカーに、アデルはもじもじと身をくねらせたあと、小さな声で続けた。

「私、実は——その、おじさまというか……あなたに告白したいことがあって」

「告白？」

オスカーは、はっと息を吞《の》んだ。

そ、それはまさか――？

俄《にわか》に鼓動《こどう》が速くなった。

この流れは、あれだろう。恋愛ものの芝居や小説でよくある、喧嘩《けんか》を繰り返しているうちに相手を好きになってしまって、ばつが悪い思いになりながらも告白するという――あれか!?

もちろん、俺は全然かまわない。受け止めるぞ。どんと来い――！

期待とときめきに胸を弾《はず》ませるオスカーに、アデルが思い切ったように言った。

「私、少女小説家になりたいんです！」

「…………。は？」

まったく予想外の告白（なのか？）を受け、オスカーは目を点にした。

「ごめんなさい。私、教科書に載《の》るような大作家になるために、援助していただいているのに――。クラスメイトたちと謎の『チョコレートおじさま』のことをあれこれ想像しながら、まるでこれは少女小説みたいだと思ったんです。私はこういうのが好き――！　国語の授業で使われなくたってかまわない。一時《いっとき》の娯楽でもいいから、女の子たちにキャッキャと楽しんでもらえるものを書きたい、って思ったんです！」

「……」

何を力説されているのか、よくわからない。

呆気《あっけ》に取られるオスカーにかまわず、アデルは続ける。

「でも、ときめく恋の物語を書くには、私はあまりに恋というものを知らない――と気づいたんです。どうしたらいいんだろう、と考えた時、頭にあなたの顔が浮かんだんです。私、ずっと、新聞から適当に付けられた名前を捨てて新しい名前を持ちたかったのに、あの時――あの創立祭の日、あなたに『アデル』と呼ばれて、頭を撫《な》でられて、とてもほっとしました。自分の名前をあんな風に呼んでもらって嬉《うれ》しかったのは初めてでした」

そこまで言って、またもじもじした小声になる。

「だから、あなたに教えてもらえたらいいな――と思ったんですが……」

「何を……恋を？」

アデルはこくんと頷《うなず》く。

――これは、どういう変化球だ？

逸《そ》れたかと思った球が、大きくカーブを描いて戻ってきた。

「今日は、新しく書いた原稿をレインさんに見てもらうついでに、少女小説について相談しようと思ったんです。でも、あなたとレインさんの話が聞こえてしまって……人を利用したら傷つける、そんなのはいけないこと――そう話しているのを聞いて、確かにそうだと思って……咄嗟《とっさ》に逃げ出してしまったんです」

「――……」

「あなた方の賭けで、私は学校へ通わせてもらえて得をしたけれど、私にこんなことを頼まれても、あなたは何も得をしないのに――こんな自分勝手で図々しいこと、お願いしたらいけないですよね。ごめんなさい」

頭を下げるアデルに、オスカーは全力で首を横に振った。

「や――いや！　女に利用されるのは慣れている！」

「え？」

「いや、なんでもない！　こちらの話だ」

図々しいも何も、そんなご用命ならいくらでも聞いてやるのに！

心中では何度も承諾《しょうだく》の頷きを返しつつ、しかし大人の余裕を示したくて、必死に平静を装《よそお》って訊《たず》ねる。

「私にそれを頼んで、断られたらどうするつもりだったんだ？　今度はユーディに？」

「え……あなたの顔しか思い浮かびませんでした」

アデルにきょとんとした顔で見つめられ、喜びに震えるオスカーである。

――恋をしてみたいと思った時、相手の候補として俺の顔しか浮かばなかっただと――!?

なんと可愛《かわい》いことを言ってくれるのか！

「でも、そうですね。考えてみたら、私の周りにはあなた以外にも男の人がいました」

余計なことを思い出させてしまった！　一言多い自分の性分《しょうぶん》が憎い！

オスカーは緩《ゆる》んだ頰《ほお》を慌てて引き締め、アデルの両肩を掴んだ。

「いや！　大丈夫だ。私は断らないから！」

アデルは一瞬瞳《め》を瞠《みは》ったあと、満開の笑顔を見せた。

「ありがとうございます！　お世話になります！」

恋の始まりの挨拶《あいさつ》が、「お世話になります」とは何事か。こんな色気のない女と付き合ったことはない。

アデルの肩を摑んだままオスカーは呆《あき》れ顔になったが、すぐに自然と笑みがこぼれた。

「――はは」

「どうして笑うんですか？」

「君の笑顔が感染《うつ》ったんだ」

そう――確かにこんな女は初めてだったが、これまでのどんな恋の始まりより、今、オスカーの胸は喜びに満ちていたのだった。

第二話
夏の恋には
ご用心

屋根裏部屋でのプロローグ

親愛なるアデル
そちらでは元気に過ごしていますか?

僕は忙しくしていますが元気です。

夏休みを一緒に過ごせなかったことを本当に残念に思っています。一通りの事情はユーディが説明してくれたようですが、ご理解いただけて感謝しています。

お詫《わ》びに何かプレゼントを……とも考えましたが、君はそういうものを嫌うのでしたね。だから送るのは手紙だけにしておきます。

ヴォーゴートは、王都《ネルガリア》より大分涼しいでしょう。湖が綺麗だと評判の土地です。あとで土産話《みやげばなし》を聞けるのを楽しみにしています(こちらではあまり楽しいことは起こっていないので、君の明るい声を聞くのだけが本当に楽しみです)。

湖遊びの合間にでも、僕のことを思い出して返事を書いてくれると嬉《うれ》しいな。

君の恋人　オスカー・エルデヴァド

「――……」

乏《とぼ》しい灯《あか》りの下でオスカーからの手紙を読み終えたアデルは、

「明るい土産話……。うん、頑張らないと」

苦笑混じりにつぶやきながら部屋を見渡した。

今、アデルが押し込められているのは、狭くてガラクタだらけの屋根裏部屋である。灯りといったら小さなランプしかなく、窓の外の星はよく見えるが、室内で文字を読むのは少し大変という状況だった。

ランプの灯りに照らし出された端正な文字に再び目を落とし、アデルはほっと息をつく。

――でも、プレゼントを思い止《とど》まってくれたのは助かったわ。

そんなものが送られてきたら、余計にあのお嬢様のご機嫌《きげん》を損《そこ》ねちゃう。変な刺激は与えないようにしてもらわないと、私が文句も言わずにおとなしくしている意味がなくなっちゃうもの――。

いや、意味も何も、本来はこんな夏休みになるはずではなかったのである。

何がどうしてこんなことになったのか――アデルは机代わりの木箱の上に便箋《びんせん》を広げてから返事の書き出しに悩み、ここ数週間の出来事を思い起こした。

そう、事の起こりはあの日に遡《さかのぼ》る――。

チョコレートおじさまの正体がオスカーだったとわかった、あの日。あの告白劇のあと、アデルは今後のことを話し合おうと言ってオスカーを近くの喫茶店へ誘った。そして意外な事実を知った。

「えっ――エルデヴァドさん、今、恋人いないんですか？」

アデルが瞳《め》を丸くすると、向かいに座るオスカーも同じように驚いた顔をした。

「どうしてそこで驚くのかな？　いたら、君の告白を受け入れるはずがないだろう。そもそも、金目当ての女にうんざりしていたせいで、あんな賭《か》けをすることになったわけだからね」

「あ、その点は大丈夫です！　私は財産目当てじゃなくて、小説を書くための経験値目当てですから！」

「そうはっきり宣言するのも、どうかと思うけどね……」

小さくつぶやいて苦笑いするオスカーに、アデルも同じく小さな声で続けた。

「でも私……その、別にエルデヴァドさんと恋人同士になりたいと思ってたわけじゃなくて――ですね」

「なんだって？」

「だって、きっとあなたには恋人がいるだろうと思ってたんです。だから、恋をさせてもらう許可だけもらえたらラッキーかな、って。さっきのは、そういう意味のお願いだったんです。片想《かたおも》いでもいいと思ってたんです。そういうのも大切な経験だと思うし。それが――あの、片想いを素《す》っ飛ばして、恋人同士からスタートなんですか!?」

「なんだろう、そのちょっと迷惑さが滲《にじ》んで見える言い方は……。私と恋人同士になるのは厭《いや》なのかな」

オスカーが少し機嫌《きげん》を損《そこ》ねたような顔をしたので、アデルは慌《あわ》てて首を横に振った。

「いえ、迷惑だとか全然！　ただ、こんなにあっさり想いが通じちゃっていいのかなって、信じられなくて！　小説なんかだと、もっといろいろすれ違いや誤解や邪魔が入ったりして、恋人同士になるまで一波乱も二波乱もあるのが普通じゃないですか。こんなスピード解決ってあるんだなあと驚いちゃって」

しかも、世間一般的に見てオスカーが極上ランクに位置する男だというのは、世間知らずを自覚して余りあるアデルにだってわかる。そういう人と、こんなに簡単に恋人同士になれていいのだろうか？　都合が良すぎて現実が受け入れ難《がた》いという、複雑な心境なのである。

――もうちょっとこう、ごたごたドタバタするものだと思っていたのに。現在恋人がいないというのも意外だったし、思い切ってぶつかってみないとわからないのが恋というものなのかしら。早速ひとつ勉強になったわ……！

アデルは持っていた封筒の中から原稿用紙を取り出し、裏の白い部分にメモをする。そんなアデルをオスカーは不思議そうに見たあと、真顔になって言う。

「恋愛に、無理に波乱を起こすこともないと思うよ」

それが妙に実感の籠《こも》った声音だったので、過去にいろいろあったのかもしれない——と思いつつ、今はまだそこを突っ込む段階でもないだろうと好奇心を抑《おさ》えつつ、

「じゃあ、遠慮なくお世話になります！」

アデルはぺこりと頭を下げた。そして、声を潜《ひそ》める。

「では続きまして、今後のことなんですが」

「そう、ここへ入る前も言っていたけど、その『今後のこと』って何なのかな？」

コーヒーカップを手に、オスカーが首を傾《かし》げる。

「私に対するエルデヴァドさんの態度についての相談です」

「え？」

「エルデヴァドさんのご厚意により片想いパターンはなくなったので、恋人同士ということで考えさせていただくとして」

「ご厚意って」

オスカーの短いツッコミを無視してアデルは続ける。

「私たちが交際していることは、内密にした方がいいと思うんです。あなたは大貴族だし、私

は孤児で、身分が違いすぎます。きっと周囲はいい顔をしないでしょう。それにあなたにとっても、十《とお》も年下で、しかも理事をしている学校の生徒を恋人にしたなんて知られたら、外聞が悪いでしょう？」

「……」

軽く眉間《みけん》に皺《しわ》を寄せたオスカーは、しばし無言で考えたあと、ふ、と笑った。

「そうか、わかったよ。要するに君は、『身分違いの恋』というシチュエーションを味わいたいんだね？」

「味わいたいというか……現実として、そうですから」

「いいよ。君がそうしたいなら、お付《つ》き合いしましょう」

オスカーは座ったまま気取った礼を執《と》った。アデルも「ありがとうございます」と頭を下げる。

「じゃあ、こうしましょう。学校のクラスメイトには、エルデヴァドさんがチョコレートおじさまだったことを正直に明かしてしまいます。もともと私が孤児であることを知っていたエルデヴァドさんが、私を気に懸《か》けて、これまでよくお茶に誘ってくれたりしていたんだってことで納得してもらいます。周りにはそういう風に説明しますから、これからも人前で恋人らしい言動は慎《つつし》んでくださいね」

「うん……」

オスカーは頷《うなず》きつつも腕組みをして唸《うな》った。

「人前ではそれでいいとして、果たして、人目のないところで恋人らしく過ごせる時間は取れるのかな？　寄宿舎には門限があるし、休日だってそう遠くへは行けないだろう？」

「そうですね……」

こうして街の喫茶店にいる時は、知り合いに見られるかもしれないし、『人前』のルールが適用される。恋人同士のデートではなく、篤志家《とくしか》のチョコレートおじさまとお茶をいただいている、という体《てい》を装《よそお》わなければ。

どこかに秘密基地みたいな場所を作って、そこでこっそり会うとか――そういうのも楽しそう！　などと考えていると、オスカーがポンと手を打った。

「そうだ、もうすぐ三学期も終わるだろう。夏休みに入ったら、一緒にエルデヴァド家の避暑地へ行くというのはどうかな？　知り合いのいないところでなら、恋人らしいことをしてもいいだろう？」

「避暑地での束《つか》の間《ま》の恋！　小説っぽいですね！」

「束の間と言われると、まるで私が遊んでいるみたいに聞こえるな」

「え、あ、そういう意味で言ったんじゃないんですけどっ」

チョコレートおじさま、結構神経が細かい人みたいだわ――とアデルは苦笑する。適当に設定したレース編みという趣味、本当にやっていたりして。

「あの、エルデヴァドさん」

レース編みってやります？　と訊《き》きかけたところ、オスカーの言葉に遮《さえぎ》られた。

「そう、それ。恋人なんだから、名前で呼んで欲しいな」

「今は人前ルール適用地帯ですから」

「適用外の場所へ行ったら、呼んでくれる？」

アデルは小さな声で確認する。

「オスカーさん――でいいですか？」

「オスカーでいいよ」

「年上の人を呼び捨てには出来ません」

アデルはきっぱり答えてから、レース編みよりももっと知りたいことがあったのだと思い出した。

「――あの、エルデヴァドさん。私のことは、今まで手紙にあれこれ書いたからご存知だと思いますけど、私、エルデヴァドさんのことをもっと知りたいです」

「私のこと？」

「今まで、あなたが家のことばっかり言うから、腹が立って喧嘩《けんか》みたいになっちゃって……。おうちのことじゃなくて、あなた自身に何か自慢出来ることはないのか、って」

「私自身の自慢？　そうだな――」

オスカーは腕組みをして椅子《いす》の背にもたれ、思い出すようにぽつぽつと語り始めた。それは、幼少のみぎりに女王陛下《へいか》主催の子供乗馬大会で優勝したことから始まり、学生時代にもスポーツだの論文だので様々な賞を獲《と》り、楽器を弾《ひ》いても絵を描《か》いても賞を獲り、金メダルだらけの半生だった。

「――……」

アデルは無言でテーブルの上に身を乗り出し、オスカーの肩や腕をぺたぺたと触った。

「なに？」

「いえ――あまりにも栄光に包まれた人生なので、本当にこの世に存在する人間なのかと疑念に駆られて。エルデヴァドさん、実は物語の中の人なんじゃ――」

「本当に現実の、君の恋人だよ」

真正面から端整な笑みを向けられて、アデルはその眩《まぶ》しさに思わず目をつぶった。

――こ、この距離から男の人に笑いかけられたのは初めて……！

そうして目を開けられないままぺこりと頭を下げたのだった。

「お世話になります！」

◇――＊◆＊――◇

あの挨拶《あいさつ》はなんとかさせないとな――……。

アデルと別れてレイン出版へと戻りながら、オスカーは小さく息を吐いた。

何かにつけて「お世話になります！」とやられては、まるで自分がアデルを事務的《ビジネスライク》に囲っているようではないか。

――そんな誤解をされたらとんでもないぞ。俺はアデルから愛を告白されたんだからな。付き合って欲しいと言われたんだからな――！

思わず拳《こぶし》を握って誰にともなく叫びそうになり、すんでのところで我に返る。苦笑いして頭《かぶり》を振る。

今日は、感情が激しく乱高下した一日だった。

まずはユーディとリンディアの関係に驚き、そしてアデルにユーディとの会話を聞かれた時はこの世の終わりを迎えた気分になったが、その後に可愛《かわい》い告白が待っていた。しかし晴れて恋人同士になれるかと思いきや、奇妙な片想い願望を聞かされ、交際は秘密裏に進めようと提案された。

だが――小説のためだとかなんとか言っていても、俺の顔しか思い浮かばなかったというなら、俺を好きだということだろう。そういう自覚に乏《とぼ》しいところが、まさにアデルの初心《うぶ》さを表している。実に可愛らしいじゃないか！

あなたの顔しか浮かびませんでした――。

無邪気にそう言ったアデルの顔を思い出す度《たび》、勝手に頬《ほお》が緩《ゆる》んでくるので、慌てて口元を引き締めるオスカーである。

駄目だ。オスカー・エルデヴァドがひとりでにやにやしながら通りを歩いていた、などと人に吹聴《ふいちょう》されるわけにはいかない。

そうだ、落ち着け。女の子に告白されて舞い上がるなんて、俺は十代の小僧か。

アデルが求めているのは、もっと大人の男との恋愛だぞ。身分違いの秘密の恋だぞ。彼女の提案する『秘密の恋人計画』はいかにもままごとめいているが、笑ってそれに付き合ってやるのも大人の余裕だ。

心の中で「余裕」「余裕」と唱えながら、毅然《きぜん》とした表情を心掛けて歩いていると、脇《わき》から不意にからかうような声をかけられた。

「――オスカー。その芝居役者みたいな凜々《りり》しい作り顔はなんだい」

まだ灯《あか》りの入っていない街灯に寄り掛かって、ユーディが立っていた。顚末《てんまつ》が気になって追いかけてきたらしい。

「その顔、いいことがあったのか悪いことがあったのか、読みにくいんだけど」

と言ってから、ユーディはオスカーの頬に視線を向ける。

「とりあえず、アデルに平手打ちを喰《く》らったわけではなさそうだね」

「当たり前だろう。アデルはそんな暴力的な娘《こ》じゃないさ。それどころか、まったく予想外の展開になった」

　アデルは賭けの件を怒っていなかったこと、彼女と身分違いの恋人ごっこをする仕儀となったことを得々《とくとく》と説明しながら、オスカーはユーディの顔を見てはたと気がついた。

　――待てよ。そうだ、俺とアデルの間には小僧《こいつ》ユーディがいた。

　何も知らないアデルに、あることないこと教え込んで自分好みに躾《しつ》けてしまうことも出来るが、下手《へた》をしたら、それをそのまま小説に書かれてしまう恐れがある。そしてそれをこのユーディに読まれるのだ。――どんな変態お遊び《プレイ》だ、それは！

　……困った。迂闊《うかつ》にアデルに手を出せないぞ。

　浮かれ気分がすっかり落ち着き、オスカーは横目で友人を見た。

「……ユーディ。おまえ、これからもアデルの執筆活動を面倒見る気か？」

「もちろん。彼女は見どころがあるからね。彼女こそが、レイン出版の救世主になってくれるかもしれないと思っているんだ」

　随分《ずいぶん》見込まれたものである。アデルのためには喜んでやるべきかもしれないが、自分のためには嬉《うれ》しくない。

　とにかく、とオスカーは硬い声を吐き出した。

「アデルの希望で、俺たちの仲は秘密ということになっている。口外無用で頼むぞ」

　そう釘《くぎ》を刺してユーディと別れたのだった。

斯《か》くの如《ごと》き次第で、秘密の交際がスタートしたわけだが——。

◇——✻◆✻——◇

「ちょっとエルデヴァドさん、どうして毎日のように来るんですか……!?」

放課後、アデルが学校の外を友達と歩いていると、その辺をぶらついていたオスカーに声をかけられる。冬から続いていた状況がそのまま変わらない。

「私たちのことは秘密だって言ったでしょう……!?」

小声で責めると、オスカーは悪怯《わるび》れない表情で答えるのだ。

「私は君のチョコレートおじさまだった。だから君のことを気に懸けていた。正体を知られてしまった今も気に懸けている。——これまでどおりということで、何の問題があるのかな？急によそよそしくなったりすれば、却《かえ》って不自然だろう？」

「それはまあ……」

そう言われてしまうと、確かにそうである。

「だから君も、これまでどおり、ごく自然に私とのティータイムに付き合ってくれなければいけないよ」

オスカーが思いの外《ほか》積極的であることに、アデルは戸惑《とまど》っていた。いや、恋を教えて欲しいという頼みに協力的過ぎる、と言うべきだろうか。片想いでもいいと思っていたのに、彼の方からこんなにしょっちゅう会いに来てもらうと、対応に困ってしまう。

——でもよくよく考えてみれば、現時点でこの人と、恋人らしいことなんて何もしてないんだものね。秘密も何も、私自身お付き合いしてる実感がないし、隠さなきゃならないようなことが何もないんだから、今はまだそんなに周りを意識しなくていいのかもしれないわ。

本当の秘密の恋が始まるのは、彼と夏休みを一緒に過ごしてからだ。避暑地へなど行くのは初めてだし、今まで知らなかったことをたくさん経験出来る夏になるはずだ。

別荘の傍《そば》には牧場があって、馬や羊がいると言っていた。馬に乗ってみたい。夏休みの間に、ひとりで乗れるようになるだろうか。そうしたらオスカーと一緒に遠乗りが出来るだろうか。それとも、オスカーの馬に一緒に乗せてもらう方が恋人らしいだろうか？

王都《ネルガリア》の外へ出かける、初めての夏休み。そのことを想像すると、うきうきして顔が勝手に笑ってしまう。だが対外的には、この旅行はオスカーの親切ということになっているのだ。

「ねえねえ、アデル。オスカー様は相当あなたのことがお気に入りみたいね」

「夏休みはエルデヴァド家の別荘に呼んでくれるなんてすごいわ。きっと貴族のパーティなんかもあって、アデルをエスコートしてくれるのよね。まるで恋人みたいね」

ルームメイトのジェシーとマリにこう言われても、うんとは頷けない。

「エルデヴァドさんは、かわいそうな孤児に親切にしてくれているだけよ。本当に本当に親切なの、あの方」

飽《あ》くまで『親切』という部分を強調するのだが、

「ただの親切だけかしらねえ……」

「ねえ……」

ふたりが思わせぶりに顔を見合わせるので、重ねて「ただの親切です！」と断言する。このふたりは、自分とオスカーがくっついたらいいと思っているのだ。そうすれば、お高く止まった貴族令嬢たちの鼻を明かせると期待しているのである。

アデルにしてみれば、資産家の親を持つふたりはとても羨《うらや》ましい身の上だが、ふたりにしてみれば、貴族令嬢たちから成金と言って蔑《さげす》まれるのは屈辱《くつじょく》的で、常に反撃のネタを探しているのだ。彼女たちにオスカーとの交際を知られたら、ここぞとばかりに言いふらされてしまう。別に自分は、オスカーとのことを人に自慢するつもりはないというのに。

実際、学園内では、アデルがオスカーと親しくしているのを面白く思わない者の方が多い。謎の『チョコレートおじさま』がオスカーだったことを明かしたおかげで、篤志家と被援助者という関係であることはわかってもらえたが、それでも、

「自分の立場をしっかり弁《わきま》えなさいね」

「オスカー様のご親切を勘違《かんちが》いして、思い上がらないようにね」

と事あるごとに釘を刺してくる上級生もいる。もちろん、わかっていますと殊勝《しゅしょう》に答えるこ

とにしているアデルである。喧嘩は買うべき時と受け流した方がいい時とがあるのだと、オスカーにも言われたのだ（去年のバザーで、自分が上級生に言い返したのを見た時はハラハラしたそうである）。

今日も今日とてうるさ型の上級生に摑《つか》まり、素直に頭を下げてやり過ごそうとしたところ、
制服の胸ポケットに入れていたお守りが滑って落ちた。

「――あら、何か落としたわよ」

「何これ……厭だわ、汚い。何のガラクタ？」

足元に転がってきた小さな木片を、上級生たちは眉《まゆ》をひそめて見遣《みや》る。アデルはそれをさっと拾い上げ、両手で握りしめた。

「汚くなんてありません。これは私の大切なお守りです」

「お守り？　変な渦《うず》巻《ま》き模様がへたくそに彫られているだけじゃないの。しかもシミだらけで汚いわ」

「まあ、孤児が大切にするお守りなんて、そんなものかもしれないけれど」

「孤児だってお姫様だって、大切にしているものの価値は変わらないと思いますけど！」

つい、オスカーに窘《たしな》められたことを忘れて反論した時、

「――アデル、どうしたの？」

清涼な風と共にしとやかな声が耳に流れ込んできた。

「リンディア様！」

居丈高《いたけだか》だった上級生の表情が、一転してリンディアに阿《おもね》るようなものに変わった。体《てい》よく追い払われてゆく上級生を目の端で見送りながら、アデルはリンディアと並んで歩き始めた。そして「授業はもう終わったでしょう？　ちょっとお茶でも飲まない？」などと誘われれば、喜んで付いてゆくのみである。

一緒に通りを南へと下り、学校からは少し離れたところにある喫茶店へ入った。目立たない奥の席を選んで座ると、紅茶を一口飲んでからリンディアは伏し目がちに言った。

「あれ以来、なかなかゆっくり話す時間が取れないでいてごめんなさいね。オスカー様から聞いていると思うけれど、わたくしがあなたに近づいたのは、ユーディに頼まれたからだったのよ。あの賭けには、わたくしも協力していたの。本当にごめんなさいね」

綺麗なお姉様から神妙に謝られると、却《かえ》ってアデルの方が身の置き所をなくしてしまう。ぶんぶん首を振りながら答える。

「そんなこと、全然気にしてません！　賭けのことなんかより、むしろリンディア様とレインさんの関係の方が気になるというか、興味津々《しんしん》というか……！」

つい本音を漏《も》らしてしまい、慌てて口を押さえる。しかしリンディアは気を悪くした風もなく、鷹揚《おうよう》に微笑《ほほえ》んだ。

「うふふ……わたくしたち、身分違いの恋をする仲間ね」

「仲間……」

リンディアと自分が同じ括《くく》りに入るなんて考えたこともなかったアデルは、きょとんと瞬《まばた》きをした。

「夏休み、アデルはエルデヴァド家の避暑地へ行くのでしょう？　わたくしもバッジ家の避暑地へ行くのだけれど、あとからユーディが追いかけてくることになっているのよ」

悪戯《いたずら》っぽくウインクしてからリンディアは続ける。

「実は今日もこれから、慈善《じぜん》集会へ行くことになっているのだけれど、そこでユーディと会うの。でも放課後、わたくしはあなたといたことにしてくれる？」

「アリバイ工作ですね……！　わかりました、人に訊《き》かれたらそう答えます！」

リンディアとユーディには同じ志《こころざし》があって、それゆえに逢《あ》う場所があるのだ。それがとても羨《うらや》ましく感じた。

――私とエルデヴァドさんは、同じ趣味を持ってるわけでもないしね……。薔薇《ばら》を育てたりレース編みをやるのかどうかも聞き損《そこ》ねたままだし（馬に乗れることは、乗馬大会で優勝した話でわかったけど！）。

喫茶店を出てリンディアと別れたアデルは、アリバイ工作を遂行《すいこう》するべく、少し時間を潰《つぶ》してから寄宿舎へ帰ることにした。

ちょうどこの辺りは、学校とレイン出版との中間地点に当たる住宅地で、通りから道を一本奥へ行ったところに広い公園がある。そこのベンチで読みかけの本でも読むとしよう。

蔓薔薇《つる》が絡《から》まるアーチ門を潜《くぐ》り、公園の中へと入ってゆくと、木のベンチに座って野良猫と話をしているおばあさんを見つけた。アデルは駆けていっておばあさんに声をかける。

「こんにちは！」

アデルがバタバタ走ってくるのを見て野良猫は逃げてしまったが、おばあさんは笑顔で挨拶を返してくれた。

「こんにちは、アデル。しばらく顔を見なかったけど、元気そうだね」

「うん、別に病気をしてたとかじゃないから。心配させちゃったならごめんね」

オスカーを避けて学園の敷地外へ出ないでいる間、ここへも来られなかったのだ。

苦笑して謝るアデルを、おばあさんは人懐《ひとなつ》こい笑顔で手招きする。それに応じて、アデルはおばあさんの右隣に座った。おばあさんは足が不自由らしく、身体《からだ》の左側にはいつも杖《つえ》を置いているのだ。

このおばあさんと知り合ったのは、春先のことである。学園の近隣を少しずつ探検しながら、ここに居心地のいい公園があるのを知ってよく来るようになったのだが、そうするうちに常連のおばあさんがいるのに気がついた。

優しそうな顔立ちをして、白髪《はくはつ》なのか銀髪なのかわからない髪を後ろで丸くまとめ、公園に棲《す》みついている猫といつも話をしている。もちろん猫は言葉を喋《しゃべ》らないが、きちんとおばあさんの前で足を揃《そろ》えて座り、いかにも話を聞いている風情《ふぜい》で、時には「にゃあ」と返事までしていた。それが面白くて声をかけたのが、親しくなるきっかけだった。

だがこのおばあさんも、毎日公園に来ているわけではないようだ。寄る度にいつも会う時もあれば、しばらく見かけない時もある。何日かぶりに顔を見て、元気そうで何より、と挨拶をするのはお互い様である。

「病気じゃないならよかったよ。最近暑くなってきて、食べものも傷《いた》みやすいからね」

「え、風邪《かぜ》とかじゃなくて、食中《しょくあた》りの心配……!?」

自分はどれほど食い意地が張った人間だと思われているのか——憮然《ぶぜん》とするアデルに、おばあさんは真面目《まじめ》に答えた。

「昨日、孫が家に来てくれたんだけどね、あたしの好きな果物を持ってきてくれてね。暑くなってきたから傷む前に食べてね、なんて優しいことを言ってくれてねえ。本当にいい子なんだよ。学校の成績も良くてねえ、この間のテストもまた一番だったたって。花丸だらけの答案用紙を見せてくれたよ。女の子にもモテモテでねえ」

おばあさんの口から出るのは、いつも孫（推定十歳くらいの男の子？）の自慢話である。猫に向かって話しているのもそれである。猫よりは人間に聞いて欲しかろうと、話し相手を買って出たアデルなのである。

普段は聞き役を務めることが多いアデルだが、今日は自分にも景気のいい話題があるのだ。

コホンと咳払《せきばら》いをしてから「あのね」とおばあさんの孫自慢に割り込んだ。

「私、夏休みはお付き合いしてる人と避暑地の別荘へ行くことになったの。だから、学校が夏休みに入ったらまたしばらく会えなくなるけど、心配しないでね」

アデルの報告に、おばあさんは緑の瞳《ひとみ》を丸くした。そしてからかうように言う。

「おやまあ、アデル。恋人が出来たのかい。さては、彼氏とのデートに忙しくて、ここに顔を見せなかったんだね？　いいねえ、ラブラブってやつかい？」

「そういうわけじゃないんだけど——まだデートらしいデートもしたことないし。ちょっと事情があって、彼と親しくしていることはこの街では内緒なの。だから遠い土地へ行って、恋人らしく過ごしてくるのよ」

「なんだか面倒臭《くさ》い話だねえ。アデル、変な男に引っかかったんじゃないだろうね？」

「変な人なんかじゃないわ。大変な人ではあるけど」

「大変な人？」

「それこそ、おばあさんの孫と同じよ。眉目秀麗《びもくしゅうれい》、文武両道、すごく出来すぎた人で、世の中にはこんな恵まれた人もいるんだなーと思わず笑っちゃうような人なの」

「おやおや、お惚気《のろけ》だねえ。でも、どんな男か知らないけれど、うちの孫には敵《かな》わないよ。あの子はいずれ、フールガリア一のいい男になるからねえ」

対抗心を刺激されたらしいおばあさんの孫自慢がまた炸裂《さくれつ》し始め、それを一通り聞き終えたところでちょうど日も暮れてきた。

「じゃあね、おばあさん。またね！」

笑顔で手を振り、アデルは公園を出た。

結局、本は一ページも読めなかったが、心は満たされていた。

アデルは未《いま》だにあのおばあさんの名前を知らない。どこに住んでいるのかも知らない。正確な家族構成も、自慢の孫の名前も齢《とし》も知らない。おばあさんの方も、アデルの背景を何も知らない。自己紹介したのは名前と作家志望だということだけなので、それ以外は、着ている制服からルベリア女学園の生徒だということを察している程度だろう。

お互いに、しつこく相手の事情を詮索《せんさく》したりしない。何か約束をするでもない。ただこの公園で会った時、自分の話したいことを話すだけ。孤児であることも、チョコレートおじさまという援助者の存在も、おばあさんといる時には関係ない。自分はこのおばあさんに、普通の高校生の女の子だと思われている――そんな関係が気楽で嬉しいのだ。

すべてを承知してくれているリンディアと話すのともまた違う。学校の友達には言えない恋人との夏休みの予定を、おばあさんにはごく自然に話せて、気分がすっきりした。

機嫌よく寄宿舎へ帰ると、『ジェイ・リード氏』から大きなプレゼントの箱が届いていた。

中身は卒業パーティ用のドレスだった。

そう、楽しみな夏休みの前に、三年生の卒業式がある。式自体は退屈なものだが、その夜のパーティが盛り上がるのだという。オスカーが一緒にドレスを選びに行こうと誘ってくれたのを、デートみたいに見えるからとアデルは断っていた。有り物のドレスで出席するつもりだったのだが——オスカーはこれまでどおり、チョコレートおじさまとして新しいドレスを寄宿舎に送ってくれたのだ。

淡い薔薇色のドレスは、襟元《えりもと》や袖口《そでぐち》、スカートの裾《すそ》に白薔薇のモチーフがたくさん付けられていて、とても華やかで可愛らしいものだった。姿見の前でドレスを合わせるアデルに、両脇からジェシーとマリが寄ってくる。

「またまた、アデルには可愛らしすぎるドレスが来たわね～」

「でもオスカー様は、アデルにこういうものを着せたいんでしょう。だから、これを選んで送ってくれたんでしょう？」

「……」

マリの言葉に、アデルは改めてまじまじとドレスを見つめた。

おじさまの正体がオスカーだったとわかってから、服を贈ってもらったのはこれが初めてだった。親切な篤志家のおじさまが見繕《みつくろ》ってくれたドレスと、親切な恋人がプレゼントしてくれたドレスとでは、それを着る意味が自《おの》ずと違ってくるのではないか——と気づいたのである。

——エルデヴァドさんが、私のために選んだ……？　似合うと思って？

これがあの人の、私に対するイメージ？

薔薇色で、白い花びらがいっぱいで、ふわふわで、ひらひらで――自分の恋人はそんな女の子だと思ってる？　というか、そういう女の子がいい、と思ってる？

「……私、期待に沿える気がしない……」

アデルががっくりと落とした肩に、ジェシーがポンと手を置いた。

「大丈夫よ、どうせパーティの主役はリンディア様なんだから。みんな、リンディア様が卒業なさる悲しみで胸がいっぱいで、壁の花のアデルなんて見てないから！」

ジェシーの（身も蓋《ふた》もない）慰《なぐさ》めにほっとしたのも束の間、もう片方の肩をマリが叩《たた》く。

「まあ、理事として出席なさるオスカー様の目は、薔薇色ドレスの女の子に釘づけかもしれないけどね。なんて可愛い子だ――とダンスに誘われちゃうでしょうけどね」

「あら大変。アデル、ダンスの練習をしておかないと！　でもオスカー様は背が高いから、私たちじゃ代わりの練習台にはならないわね」

「練習なんかいいのよ。ダンスに不慣れで転びかける少女を抱き留《と》めて助ける美青年、っていうお約束の場面を見たいんだから。ここでアデルにそつなく踊られたら、却って興醒《きょうざ》めだわ」

「マリ、あんた天才ね！　その場面、確かに見たいわ！　貴族のお嬢様方がそれを見てどんな顔をするのかも見物《みもの》ね！」

勝手にキャッキャと盛り上がるふたりに、アデルは慌てて釘を刺す。

「誤解のないように言っておくけど、このドレスは援助の一環なのであって、特別な意味はないんだからね――！」

ジェシーは初めて会った時から、歯に衣着《きぬ》せぬ物言いのさっぱりした子だと思っていた。しかし、長い黒髪が神秘的雰囲気《ふんいき》を醸《かも》し出すマリは、無口でおとなしそうに見えたのに、その実ジェシーに輪をかけてずけずけものを言うし、しかも他人のゴシップが大好きなのだ。その上、絵が得意と言っていたのでてっきり静物画でも描くのかと思えば、空想画――いや、妄想画《もうそうが》が専門だった。アデルとオスカーが仲良くしている場面を勝手に想像して描いた絵を見せられた時は、吃驚仰天《びっくりぎょうてん》したものである。

――人は見かけによらない、って本当よね。

アデルはため息をつきながら、慎重な手つきでドレスをハンガーに掛けた。

確かに人を外見で判断してはいけないが、場に合った身だしなみを整えるのも社会生活において大切なことである。オスカーにはきちんとお礼の手紙を書いて、パーティでは彼が選んでくれたドレスを綺麗に着こなせるように努力しよう――。

◇――＊◆＊――◇

果たして十日後――卒業パーティはジェシーとマリが予言したとおりになった。

もちろん、パーティの主役がリンディアであることは誰もがわかっていた。卒業といっても、リンディアは同じ敷地内にある大学へ進学する。金輪際《こんりんざい》会えなくなるわけでもないのだが、麗《うるわ》しい侯爵《こうしやく》令嬢の姿を同じ校舎の中で見られなくなると思うと、下級生のすべてが涙せずにいられなかったのである。

アデルにとっての問題はそこではなく、オスカーにあった。理事としてパーティに出席したオスカーは、アデルを見つけると親しげに話しかけてきた。援助者と被援助者の間柄《あいだがら》なのだから、挨拶をするのは不自然なことではないが、適当に話を濁《にご》して逃げ出しても、追いかけてくるのは何なのだ。

「ちょっとエルデヴァドさん、パーティが始まってから一時間の間に、これで十二回目ですよ！　五分に一回のペースで話しかけてくるって何事ですか!?　もっと他に、親交を温めなきゃならない人がたくさんいるんじゃないですか……!?」

小声で文句を言っても、オスカーは堪《こた》えない。

「君が素直に褒《ほ》められてくれないから、追いかけたくなるんだよ。私は君にこのドレスを贈った人間として、似合ってるね、可愛いね、と褒める権利がある」

「わぁ――やめてください！　そんなこと、言われ慣れてなくて恥ずかしいんですっ」

両手で耳を押さえ、頭《かぶり》を振ってみせても、やはりオスカーはどこ吹く風。

「じゃあ慣れるまで耳元で言い続けようか。私は君の後見人《こうけんにん》に等しい立場なんだから、プレゼントしたドレスを褒めているだけだと答えれば、誰に咎《とが》められることもないと思うよ」

どうやら、初めに声をかけられた時、ドレスを褒める言葉を照れて遮《さえぎ》ってしまったのがまずかったらしい。オスカーは意地でも褒め言葉を受け入れさせようとしてくる。

「もう……私がどうすれば気が済むんですか……!?」

「私が『可愛いね』と言ったら、君はありがとうと答えて私に笑顔を見せる。ただそれだけのことだよ」

「わかりました。ありがとうございます。ではさようなら」

アデルが引《ひ》き攣《つ》った笑顔で早口に言って立ち去ろうとすると、オスカーに腕を取られた。

「まだ私が『可愛いね』と言っていないよ。こういうことの順番はとても大切だ」

オスカーはそのままアデルの耳元に口を寄せ、低くささやいた。

「薔薇色のドレスがとてもよく似合ってる。素晴らしく可愛い」

「――」

声を甘いと感じたのは生まれて初めてだった。まるで耳でチョコレートを食べたような気分になって、アデルは呆然《ぼうぜん》と立ち尽くした。

「アデル?」

オスカーの怪訝《けげん》そうな声で、やっと我に返る。

「あ……すみません。あの、なんでしたっけ――あ、そうそう、ありがとうございます。で、笑顔」

「会話の流れがぶつ切りだな。それに、笑顔は口で言うんじゃなくて、顔で見せるんだよ。私が可愛いと言ったら、間《ま》を置かずに笑顔。はい、もう一回」

「えっ――」

妙な演技指導の後《のち》、二度目のチョコレート・ヴォイスを聞かされたあとのことは、覚えていなかった。

記憶が飛ぶ経験など初めてだった。寄宿舎に戻ってからジェシーとマリに聞いてみれば、まるで酔ったようにふらふらの状態で自分はオスカーとダンスを踊っていたらしい。

「お約束どおり、ちゃんとオスカー様の足を踏んでたわよ。転びかけたところを抱き留められてたわよ。私が想像して描いたとおりの絵面《えづら》だったわ！」

「高等部のパーティだから、お酒は出てないはずだけど――って先生方が首を傾げてたわよ。一体どうしたの？」

オスカーの声に酔ったらしい――とは言えなかった。

確か以前、バザーの時に初めて彼と会って、出版社に口を利《き》いてあげようかと耳元でささやかれたことがあった。あの時は、こんな風にならなかったのに。今夜は一体、どうしてしまったのだろう。

「うん……パーティなんて慣れてないから、ちょっと雰囲気に……酔ったのかな……。私――疲れてるみたいだから、もう寝るね」

もごもごと曖昧《あいまい》な返事をしながら、ベッドに潜《もぐ》り込むアデルだった。

◇――*◆*――◇

そして翌日――。チョコレートの海で溺《おぼ》れる夢を見てアデルは飛び起きた。

オスカーが岸から一生懸命《けんめい》腕を伸ばして救《たす》けようとしてくれるのだが、どろどろのチョコレートに身体が埋まって身動き出来ないという、最悪にもどかしい夢だった。

夏休み初日の朝だというのになんとも不快な気分になりながら、アデルは半分ほど済んでいる荷造りの続きを始めた。エルデヴァド家の避暑地へ出発するのは明日なのである。ジェシーとマリも夏休みは家に帰るので、同じく荷造りの確認をしている。

そこへ、寄宿舎の事務員がアデル宛《あ》ての手紙を届けに来た。郵便配達は午後のはずなのに――と不思議に思いながら白い封筒を受け取ると、差出人はオスカーだった。彼から、プレゼントの小包ではなく手紙をもらうのは初めてである。

「あら？　切手も消印もないけど……」

「エルデヴァド家の方が今、直接事務室に持って来られたのよ。急ぎの用だからって」

「え……」

夢見が悪かったことも手伝い、厭な予感に襲われながらアデルは手紙の封を切った。中に入っていたのは便箋《びんせん》一枚で、達筆ではあるが急いだような文字で短い文章が綴《つづ》られていた。

親愛なるアデル
昨夜は楽しい時間をありがとう。

突然ですが、不慮《ふりょ》の事態に陥《おちい》り、僕は王都《ネルガリア》を離れることが出来なくなりました。

隣国のザグレラで革命が起きたとの急報が入ったのです。これはフールガリアにとっても、またエルデヴァド家にとっても重要な問題で、女王陛下の命《めい》により、僕はしばらく宮廷に詰めることになりました。

僕から言い出した夏休みの予定をキャンセルせざるを得ないことは、僕自身とても残念ですが、君をがっかりさせてしまうと思うと、さらに胸が痛みます。

詳しい事情はまた改めて話します。今は取り急ぎ、旅行中止の用件のみを伝えるに止《とど》めることをお許しください。

オスカー・エルデヴァド

「……」

三回読み返しても意味がわからない、というのが正直なところだった。

革命？　ザグレラ？　女王陛下？

アデルには縁のない単語ばかりを並べられて、頭の中に疑問符《ふ》が踊る。何より、本当に突然すぎる。

——せめて、もう少し順を追って詳しいことを書いてくれたら……！

恨《うら》めしく思うも、オスカーにしてみれば、政治的なことを自分に説明してもわからないと思ったのかもしれないし、忙しくてそこまで書いている暇《ひま》がなかったのかもしれない。おそらくは両方だろう。ジェシーやマリに訊いてみても、

「ザグレラで革命？　ほんと？」

「今朝の新聞にはまだそんな記事は載《の》ってなかったわよ」

と、首を傾げている。

荷造りを中止したアデルは、オスカーの手紙を握りしめて部屋を飛び出した。

「ちょっとアデル、どうしたの……!?」

「オスカー様は何を言ってきたのよー!?」

背中に飛んでくる声には、「あとで説明するから！」と答えて寄宿舎を出る。

そうして息を切らせながらレイン出版に駆け込むと、机で何かを読んでいたユーディが目を上げてこちらを見た。

「ああ、本当に来た」

「え？」

「ついさっき、ジョセフがオスカーからの手紙を届けに来てね。アデルが訪《たず》ねるかもしれないから、事情を訊かれたら説明しておいてくれ、ってさ」

ユーディは読んでいた便箋をぺらぺらと振ってみせる。

「ジョセフ？」

「エルデヴァド家の執事《しつじ》だよ。オスカーのじいや。もう結構な齢なんだけどね、坊ちゃまに命じられれば文使《メッセンジャーボーイ》いも務めるんだから、健気《けなげ》なことだよ。昔から坊ちゃま命なんだよね」

「はあ……」

自分宛ての手紙を寄宿舎に届けてくれたのも、そのじいやなのだろうか？

「あの、私もエルデヴァドさんから手紙を受け取って……。でも簡単なことしか書いてなくて、訳がわからなくて。革命とか女王陛下とか、一体何事ですか？」

「うん、まあ座って」

促《うなが》されるまま応接セットのソファに腰を下ろすと、ユーディはペンと紙を持って向かいに座った。

「今回革命が起きたザグレラというのは、フールガリアの東隣にあって、こんな風に半島の国でね――」

ユーディは地図を描きながら語り始めたが、ザグレラの地理や気候風土、王家の成り立ち、重農主義と重商主義がどうの、地方割拠《かっきょ》がどうのと歴史説明が延々と続き、なかなか現代まで話が辿り着かない。それでも、小説のネタになりそうだと思ってアデルが真面目に聞いていると、ユーディも途中で話が長いことに気づいたらしく、コホンと咳払いして仕切り直した。

「ごめん、このままだと半年かけての講義になっちゃうね。つまり、細かいことを思いっきり端折《はしょ》って説明するとね――」

今度はわかりやすかった。

三方を海に囲まれたザグレラは、海運が盛んな国。一方では貧富の差が激しい国でもあり、王家は民《たみ》の困窮《こんきゅう》も顧《かえり》みずに贅沢三昧《ぜいたくざんまい》、我慢出来なくなった民がとうとう各地で反乱を起こした。それを抑えるための軍備を整えようと、王家は潤沢《じゅんたく》な資産を持つ海運業者に重い税を課した。しかしそのことが富裕層の大きな反発を招き、彼らの資産は税としてではなく反乱軍への協力資金に流れることとなった。そうして反乱軍は革命軍にまで発展すると、ついには王都を包囲し、数日前、王が捕らえられたことで革命が成ったのだった。

「ここ数年、ザグレラの情勢が不安定なのは、周辺国のどこも把握《はあく》はしていたよ。王家の旗色悪しと見て、国外へ避難するザグレラ貴族もちらほらいたしね。でも、言っちゃ何だけど、ザグレラの歴史を見ればこんなのは過去に何度も繰り返してきたことで、今回もいずれは王家が力尽《ず》くで民を押さえつけるだろうと見ていたんだ。それがまさか、こんなに突然、事態が大きく動くなんてね――」

ユーディは小さく息をついてから、オスカーの手紙を取り上げた。

「ザグレラには、苦労人の国務大臣がいてね。今回も彼が、王家と革命軍との間に入って調停役を務めていたんだけど——それが先週、長年の過労が祟《たた》って亡くなったらしい。そのせいで、情勢が急展開したということみたいだね。オスカーからの手紙にはそう書いてある」

「そうですか……」

アデルは神妙に頷いて、手に握ったままの手紙に目を落とした。いきなりザグレラの国務大臣が云々《うんぬん》と書かれていても、自分には訳がわからない。だからオスカーはこんな簡単な手紙しか書けなかったのだ。

「でも、その革命とエルデヴァド家にどんな関係が？」

「エルデヴァド家の領地は、東側の一部がザグレラの国境と接しているんだよ。王制の廃止を唱えている革命軍が、王家に阿《おもね》って贅沢をしていた貴族たちを放っておくわけはないからね。おそらくこれから、たくさんの亡命貴族がフールガリアに流れ込んでくる。その対処のために、オスカーの父親——エルデヴァド公が領地へ向かった。息子のオスカーは、王都《ネルガリア》に残って父親の代理を務めなければならない、ってこと」

「なるほど……そういうことですか。それで……このごたごたは長引くんでしょうか？」

ザグレラの情勢が落ち着くまで、オスカーは家の仕事から手を離せないのだろうか。自分と逢えないのだろうか——。

「どうだろうね。ザグレラの革命政府が今後どう動くかだから、まだなんとも……」

ユーディは首を傾けながら続ける。

「五年前には、西のリンドールでも革命が起きた。その時に王制が廃止されて、今あそこは王様のいない国だよ。ザグレラはリンドールの共和制をモデルにしようとしているのかもしれないけど——土地も違えば人の気風も違うザグレラで、同じことが出来るかな……？　リンドール自体、共和制になってすべてが万々歳《ばんばんざい》というわけじゃないからね。革命から五年が過ぎて、いろいろ歪《ゆが》みも生まれてきてる。そもそもこのフールガリアだって、過去に何度も王が逐《お》われたり復権したり、首が挿《す》げ替えられたりして、今は立憲君主国家で落ち着いているけど、未来はわからないしね」

「……」

歴史の授業で習ったようなことが、オスカーを介して身近な問題になった。とても不思議な感覚に捉《とら》われて、アデルは小さく身震いした。その震えを恐怖と受け取ったのか、ユーディが慌てて頭《かぶり》を振った。

「大丈夫、フールガリアの一般庶民《しょみん》には、これといって影響のある話じゃないよ。何もザグレラの革命軍がフールガリアにまで攻めてくるわけじゃないから。というか、そこまで派手な武力行使はなかったみたいだしね。革命軍のトップは、血を流したがらない綺麗好きらしい」

茶化すように明るく言ってから、「ただ」と窓の外を見遣《みや》る。アデルもその視線を追うと、北の方角に女王陛下の住むネルガリア宮殿の塔が霞《かす》んで見えた。

「オスカーは、国政にも関《かか》わる大貴族の御曹司《おんぞうし》だからね。議会が招集されれば父親の代わりに顔を出さなきゃならないし、すでに数年前からフールガリアに逃れてきているザグレラ貴族はエルデヴァド家に援助を求めてご機嫌伺《きげんうかが》いに来るだろうし……いろいろ面倒臭いだろうね。領地へ出張でも都で留守番でも、どちらにせよ頭の痛い話だよ」

「エルデヴァドさんが女王陛下に呼ばれたというのは、議会で……？」

「それもあるだろうけど、とにかくオスカーは女王陛下のお気に入りだからね。何かあると、陛下はオスカーを傍に置きたがるんだよ」

「そうなんですか」

「今のフールガリア王室には直系の男子がいない。かつては、王室と縁戚《えんせき》関係にあるエルデヴァド家からオスカーを養子にもらえないものか、なんて思惑《おもわく》があったみたいだよ。でも結局、エルデヴァド家にも男子は――というより子供はオスカーしか生まれなかったから、その話は立ち消えたらしいけど」

「――」

アデルはびっくりして、また窓の外に見える塔へ目を遣った。

――つまりそれって、エルデヴァド家にもうひとり子供が生まれていたら、あの人はあの宮殿に迎えられて王太子になっていたのかもしれない、ってこと？

オスカーの家柄自慢はこれまでにも散々聞かされて、喧嘩の原因にもなったわけだが、一番とんでもないことを黙っていたのはどういう料簡《りょうけん》なのか。

それとも彼は、もともと自慢するつもりで家のことを話していたわけではない、ということなのだろうか（個人的な自慢話は、訊くまで教えてくれなかったし！）。勝手にそれを自慢だと受け取ったこちら側に、ひがむ心があったのだろうか――。

憮然《ぶぜん》とするアデルに、ユーディが悪戯《いたずら》げな顔で言う。

「オスカーってさ、可愛いでしょう」

「え……？」

「一見、偉そうに貴族の御曹司然としてるけど、一皮剝《む》くと真面目な純情青年だからさ。それで、失恋する度にあれこれこじらせていっちゃったんだよね。そういうところが、特に年配女性の母性本能をくすぐるらしくて、女王陛下にも大層可愛がられてるらしい」

可愛い……？

アデルはピンと来ない気分で眉根を寄せた。

自分の目から見たら、オスカーはとても大人の男の人だと思う。それに、真面目な純情青年は、声で女の子を酔わせたりしないと思う……！

「あの、エルデヴァドさんの声って、凶悪ですよね……？」

「声？　あいつ、音痴《おんち》ではないはずだけど」

「そういうことじゃなくて……」

歌声がではなく、ささやき声が——と説明しかけて、アデルは口を噤《つぐ》んだ。

そうだ。あれはきっと、女性を口説く時の武器なのだ。だから男性のユーディには発揮されないのかもしれない。

なんでもないです——とアデルは言葉を濁し、話題を元に戻した。

「革命と女王陛下とエルデヴァドさんの関係はよくわかりました。そういうことなら仕方ありません。夏休みは寄宿舎に残って、小説を書くことにします。お時間を取らせてしまって、すみませんでした」

丁寧《ていねい》に礼を言って出版社を出たアデルは、帰り道に公園を覗《のぞ》いたが、いつものベンチにおばあさんはいなかった。夏休みの予定が潰れたことを愚痴《ぐち》りたかったような、そうでもないような、複雑な気分でそのまま真っすぐ寄宿舎へ帰った。するとルームメイトふたりに怪訝顔で出迎えられた。

「もうアデルったら、急に飛び出して行ってどうしたのよ」

「うん、ちょっとレインさんに詳しい話を聞きに……」

「レインさんって、出版社の社長？」

小説のことで世話になっている出版社の社長がオスカーの友人だったということまではふたりにも言ってあるのだ。それで何がどうしたのかと説明を求めるふたりに、エルデヴァド家の別荘行きは中止になったことを話す。

「えー！」

「私もうときめきの想像画をいろいろ描いちゃったのに！」

ふたりはアデル本人より残念がりながら、翌日、帰省のために寄宿舎を発《た》っていった。それを見送ったあと、思いがけない展開が待っていた。

ユーディから事情を聞いたらしいリンディアが、バッジ家の避暑地行きに誘ってくれたのである。

一度は遠慮したアデルだったが、ユーディとの密会の協力をして欲しいと頼まれては、断れない。そういうことにすればアデルも頷きやすいだろうというリンディアの配慮も透けて見え、有《あ》り難《がた》くお言葉に甘えることにしたのだった。

◆2

王都ネルガリアからバッジ領ヴォーゴートまでは、北へ馬車で二日の距離だという。

今回、避暑地へ行くのはリンディアだけで、侯爵《こうしゃく》夫妻は都へ残るとのことだった。やはりザグレラで起きた革命の件で忙しいらしい。アデルとしては、気の張る相手は少ないに越したことはないので、この点に関してだけは革命に感謝だった。

侯爵家の快適な馬車に揺られながら、アデルはリンディアといろいろなお喋《しゃべ》りをした。

「あの……レインさんにちょっと聞いたんですけど、エルデヴァドさんが王太子になっていたかもしれないって本当ですか？」

「ん……現実問題として、それは難しかったとは思うのだけれどね」

リンディアが教えてくれた詳細はこうだった。

女王は王子をひとりと王女をふたり生んだが、王子は子供の頃に事故で亡くしている。そしてふたりの王女が結婚して生んだのは、娘ばかりだった。一方、先代のエルデヴァド公爵《こうしやく》夫人は王室から嫁《とつ》いだ女性であり、その孫であるオスカーは、亡くなった女王の息子と面差《おもざ》しがよく似ていた。女王はオスカーを殊《こと》の外可愛《ほかかわい》がり、とうとう養子に欲しいと言い出した。

しかし、そんなことをしたら王室に要《い》らぬ騒動を引き起こす恐れがある。現在の王位継承《けいしょう》権《けん》第一位は、女王の娘の第一王女。それは揺るがないが、その次は誰か――というところで一悶着《ひともんちゃく》起きるかもしれない。そんな懸念《けねん》と、エルデヴァド家に他に子供が生まれなかったこともあり、話は消えたのだった。

「陛下《へいか》は跡継ぎの男子が欲しかったというより、単純に息子の代わりに可愛がる男の子が欲しかった――という感じだったらしいわ。だから、ただの我がままなら引っ込めてください、と周囲に諭《さと》されたらしくて」

「それは……エルデヴァドさん、本当に女王陛下に気に入られちゃってるんですね。まあ、傍《そば》に立たせておいたら絵になる人ですもんね」

「あら、惚気《のろけ》？　うふふ」

リンディアに含み笑いを返されて、アデルはきょとんとした。

「の、のろけ？」

これを惚気というのだろうか？　よくわからない。ただ素直に、オスカーはとても見栄《みば》えのする男性だと思うから、そう言っただけだ。

アデルは戸惑《とまど》いながら、ふと兆《きざ》した疑問を口に出す。

「――リンディア様は、エルデヴァドさんとは親しかったりするんですか？」

「親しいというほどではないけれど――もちろん社交界で面識はあったし、会えば話もする、ダンスのお相手をすることもある、という感じかしらね」

うふふ、とリンディアはまた含み笑いをしてから続けた。

「わたくしがオスカー様に抱いていた印象はね、『典型的な名門の御曹司《おんぞうし》という体裁《ていさい》を整えつつ、適度に遊んでいて、女王陛下のお気に入りでもある要領のいい青年』だったわ。彼がユーディの友人だと聞いた時はとても驚いたものよ。だって、タイプが全然違うでしょう」

「そうですね……。私も、あのふたりが友達だというのは意外でした」

「ユーディが語るオスカー様は、結構情けないというか、可愛い感じなのよね。そういうところが放っておけなくて、付き合いが長く続いているんですって。オスカー様も、ユーディのことを貧乏だのしみったれているだの言いつつも、何かあれば相談してくるらしくて。ユーディったら、『オスカーはさ、可愛い弟みたいな感じなんだよね』なんて言うものだから、わたくし、ふたりの友情にちょっと嫉妬《しっと》めいたものを感じたりすることもあるのよ」

旅行中という解放感のせいだろうか、いつになく饒舌《じょうぜつ》なリンディアに、アデルはずっと知りたかったことを訊《たず》ねてみた。

「あの……リンディア様は、レインさんのどこに惹《ひ》かれたんですか……？」

ユーディは、親切で博識で、若くして会社を興《おこ》す行動力もあって、オスカーと並べば押し出しの強さは譲るにしても、容姿だって十分に整っている。魅力的な男性だとは思うが、侯爵令嬢が恋をする相手としては、少し地味ではないだろうか。いっそもっと無頼漢のような男に惹《ひ》かれたというなら、小説にもよくある展開なのに――と思ってしまうアデルなのである。

「うふふ――侯爵令嬢の恋人というには、パンチが足りない人だと思っているのね？」

見事に心中を言い当てられて、アデルは「ごめんなさい！」と頭を下げた。

「ユーディとは、知り合いの子爵《ししやく》夫人が主宰《しゆさい》している慈善《じぜん》集会で出逢ったの。何度か顔を合わせて、話をするうちに、自然に親しくなっていたわ。人を警戒させない雰囲気《ふんいき》を持っているのよね、あの人。――でもね、柔和《にゆうわ》な顔立ちと物腰に騙《だま》されちゃ駄目。苦労をして生きてきているから、とても芯《しん》が強くて、計算高いところもあるの」

「そうなんですか……？」

アデルにとって、ユーディは親切な編集者というイメージしかない。だが、自分を賭《か》けのネタにしてオスカーからまんまと融資《ゆうし》を取り付けたり、それでいてちゃんとリンディアに自分のフォローを頼んでくれていたことを思うと、確かに策略家《さくりゃくか》ではあるのかもしれない。

「わたくしはね、ユーディが抱《かか》える少し黒い部分に惹かれたの。ただのいい人より、少し腹黒いくらいの方が頼りになるし、面白いでしょう？　わたくし、お坊ちゃんは好みじゃないのよ。だからオスカー様に興味はないの。安心して」

「あ……はい」

もしもリンディアがオスカーを好きなのであれば、家柄《いえがら》的に問題はないだろうし、自分などライバルにもならない。ここは喜んでおくところなのだろうか。

「ありがとうございます」

と答えてしまってから、ありがとうと言うのも何か変だな、と首を傾《かし》げるアデルである。そんなアデルを見てリンディアはうふふと微笑《わら》う。

「わたくし、いざとなれば家を出る覚悟もあるのよ。バッジ家には兄がふたりいるし、家督《かとく》を継ぐ者には困っていないの。家は兄たちに任《まか》せて、わたくしは自立したいと思って――両親にはあまりいい顔をされなかったけれど、大学への進学も押し通したわ。あとは、普通に街で暮らすための金銭感覚も身に付けたいのだけれど――」

期待に満ちた目を向けられたが、孤児院育ちでお金を持つ機会がなかったアデルも、そのあたりの感覚のなさにかけては貴族のお姫様に負けていない。お役に立てずにすみません、と謝るしかなかった。

「でもこのフールガリアも、産業の発達で庶民《しょみん》の中から富裕層が多く出てきて、貴族と同じ夜会に出たり同じ店で食事をしたりする時代になったわ。ユーディが事業を成功させれば、まだ希望はあると思っているの」

つまりね、とリンディアはアデルの手を握って言った。

「あなたがレイン出版から大ヒット作を出してくれれば、わたくしはユーディと結婚出来るかもしれないのよ」

冗談めかした口調ではあったが、サファイアの瞳《ひとみ》の奥が笑っていない。

「傑作《けっさく》を書けるように、が、頑張ります……！」

リンディアの白い手を握り返し、努力を誓うアデルだった。

◇――＊◆＊――◇

そうして馬車はバッジ家の別荘に着いた。

小高い丘の上に建つ白亜《はくあ》の館《やかた》はとても大きく、広い庭を持っていて、アデルをびっくりさせた。本邸と言って十分通じるお屋敷なのに、これが別荘だなんて――！

あんぐり口を開けながら中へ入ると、豪華な館にはすでに先客がいた。

「お姉様、お待ちしてましたわ……！　こちらがお手紙にあった、お友達のアデルね？　ルイザ・ショーンカーと申します。よろしくね」

リンディアの母方の従妹《いとこ》に当たるというルイザは、十三歳という齢《とし》の割に小柄《こがら》で、透き通るように肌が白く、金色の巻毛と碧《あお》い瞳がまるでお人形のような美少女だった。生来《せいらい》病弱な体質で、季節ごとに保養地を渡り歩いており、夏はここに来るのが慣例となっているのだという。

荷物を運ばせている間も、ルイザは「お姉様」「お姉様」とリンディアに纏《まと》わり付いて離れない。この美少女は、美しい従姉に相当懐《なつ》いているようである。

ここへ来る間、馬車から大きな湖や広い花畑が見えた。お弁当を持って遊びに行きましょうね、とリンディアは言ってくれた。館の外には美しい景色、館の中には美しい姉妹。目の保養三昧《ざんまい》のなんと素晴らしい夏休みだろう。

オスカーとの予定が潰《つぶ》れた時はとても寂《さび》しい気持ちになったが、その後にまさかこんな幸福が待っていたとは。人間、地道に生きていれば報《むく》いもあるということなのだろうか！

幸せに打ち震えながら案内された部屋は、これまた一流ホテルのスイートルームも斯《か》くやという（泊まったことがないのでわからないが！）、広々として上品な空間だった。庭に面した窓にはバルコニーがあり、テーブルや椅子《いす》も置かれているので、ここで読書をするのも気持ちがよさそうだ。

早速、翌日は湖へピクニックに出かけることになった。青く澄んだ湖の向こうには、緑の山がどこまでも連なっていた。人生の大半を都会の孤児院で過ごしてきたアデルにとって、雄大な自然の風景はたまらない感動となって創作意欲を刺激した。夜はバルコニーへ出て、風に当たりながら小説の構想を練った。ネタがどんどん湧《わ》いてきて、創作ノートを兼ねた日記帳のページがなくなってしまいそうだった。

しかし、そんな幸せな夏休みも長くは続かなかったのである。

バッジ家の別荘へ来てから五日目のこと――。王都《ネルガリア》にいる侯爵からリンディアに速達が届いた。手紙には「至急帰れ」とあるのみで、何が起きたのかは書かれていないという。もしかしたらユーディとのことを知られてしまったのかもしれない――と蒼《あお》くなったリンディアは、慌《あわ》てて都へ帰っていった。

見知らぬ土地にひとり取り残されたアデルは、リンディアから託《たく》された手紙を持って街の郵便局へ走った。三日後にはユーディが追いかけて来ることになっているのだ。今からでは速達を出しても間に合うかわからないが（都からこちらへの便は多いが、こちらから都への便は少ないらしい！）、運良く間に合ってくれたらという期待を込めて、窓口に差し出した。

知らせが間に合わず、ユーディがこちらへ来てしまったら、自分が会ってリンディアがいないことを説明するしかない。そのために居残りとなったのだから――。

――でも、リンディア様の家の別荘なのに、おまけで付いてきた私だけがお世話になるなんて図々しいわよね。何かお手伝いとかした方がいいのかな……。

そんな心配をしながら丘の上の館へ戻ると、まさにその遠慮が的中する事態が待っていた。

「お姉様がいないのに、あなただけ残ってどうするのよ。図々しい人ね！　私、知ってるのよ。あなた、孤児なんでしょう？　もっとあなたにお似合いのお部屋へ案内するわ！」

ついさっきまでリンディアに可愛く甘えていたルイザが、まるで別人のように意地悪になり、アデルを広い客間から屋根裏部屋へと追い遣《や》ったのである。

「明日からは、使用人として働いてもらうわよ。こちらにはあなたにただ飯を食べさせる義理はないんですからね」

物置きのような狭苦しい部屋に荷物と一緒に放り込まれ、アデルは呆然《ぼうぜん》とした。

どちらかといえば、今までの部屋は広すぎて落ち着かなかったのだ。これくらいの狭さの方がしっくり来る感はあるが、いきなりの天国から地獄展開に、頭が付いていかない。

混乱したまま、翌日からばっちり働かされた。窓磨きに庭の草むしり、ルイザがわざとこぼしたスープの後片付け。アデルの食事は、厨房《ちゅうぼう》の隅っこで残り物を搔《か》き込んで終わった。

他の使用人たちは、気の毒そうにアデルを見るものの、我がままなお嬢様に逆らえないようだった。迂闊《うかつ》に意見でもしようものなら、ルイザはヒステリーを起こして手が付けられなくなるのである。

——仕方がないわ。この数日が幸せ過ぎたのよ。現実なんてこんなものなのよ。

アデルは潔《いさぎよ》く現状を受け入れることにして、草むしりに励んだ。土地が違うせいか、雑草も孤児院の庭に生えていたものとは違い、跳《は》ね回るバッタや飛び回る蝶の模様も違って、観察していると面白い。大きなバッタの後を追いながら、頭の中には魔法で小さくされてしまったお姫様の物語がもわもわと広がっていた。

辛《つら》い境遇を乗り切るコツは、これは小説のネタになる、と思うことだ。今までも、悲しい時や寂しい時、そう思って耐えてきた。厭《いや》な思い、理不尽《りふじん》な思いをして、泣き寝入りをするのは御免だ。この辛い経験が小説のネタになる——そう考えれば、少し引いたところから物事を見ることになり、冷静になれる。自分に意地悪をした相手にも、恨《うら》むどころか「ネタの提供ありがとう！」と感謝する気持ちになれる。

泣いて生きても笑って生きても同じ一生。だったらなんでも面白がった方が勝ちよね——。

エプロンのポケットに入れていたお守りを撫《な》で、うん、とひとつ頷《うなず》いてから、アデルは顔を上げて太陽の位置を見た。今日はリンディアがユーディと約束をしていた日なのだ。速達が間に合っていなければ、彼は待ち合わせの場所へ来るだろう。

アデルは館の裏口からこっそり外へ出ると、丘を下ってすぐのところにある雑木林へ向かった。果たして、目印の小さな泉の傍に旅装のユーディが待っていた。

「あ〜……やっぱり間に合わなかったんですね……！」

「あれ、アデル……？　リンディアは？　何かあったのかい？」

リンディアは急に王都《ネルガリア》へ呼び戻されたのだと話すと、ユーディは腕組みをして考え込んだ。

「僕の身辺には、これと言って変わったことは起きてない。僕のことが問題になったというのは考えにくいけど――なんだろうね。リンディアから君に宛《あ》てて事情説明の手紙が来るかもしれないし、しばらく様子を見てみようか」

状況次第では、リンディアはユーディに直接手紙を出すことが出来ないのかもしれないということだ。ならばとんぼ返りするより、ここで数日待ってみるのも手だ。アデルは「そうですね」と頷いた。

「――ところでアデル、その恰好《かっこう》はなに？」

泥と草の汁にまみれたエプロン姿のアデルを、ユーディが怪訝《けげん》そうに見る。

適当にごまかそうとしたが、「それで、本当は？」と冷静に訊《き》かれてしまったので（この人はごまかせない！）、アデルはリンディアの従妹から意地悪をされているのだと正直に話したあと、都へ帰ってもオスカーにはこのことを黙っていて欲しいと頼んだ。

「いろいろ忙しいエルデヴァドさんに、こんなことで心配かけたくないので――」

「健気《けなげ》だねえ。わかったよ、オスカーに会っても、君は楽しそうにしてたと言っておくよ」

街のホテルに泊まるというユーディと別れ、アデルは館へ戻る道を急いだ。草むしりの途中で抜け出したことをルイザに知られれば、どんな癇癪《かんしゃく》を起こすかわからない。

小走りに丘を登っていると、背後から犬がワンワン吠《ほ》える声が聞こえてきた。何事かと振り返れば、郵便配達人の制服を着た青年が大きな犬に追いかけられて走ってくるではないか。

「わああ、この中には食べものなんて入っていないよ──」

そう叫びながら青年は郵便袋を抱《かか》え、アデルの脇《わき》を走り抜けてゆく。しかし、

──あ、転んだ。

気の毒な青年は、石にでも躓《つまず》いたのか、アデルの目の前で派手につんのめって倒れた。その拍子《ひょうし》にぽーんと飛んできた郵便袋を、アデルは腕を伸ばして受け止めた。

今度はこちらに標的を定めた犬だったが、アデルの傍まで来ると、途端に鼻をプイと背《そむ》け、逃げて行ってしまった。

「どうしたのかしら？」

アデルが首を傾《かし》げていると、起き上がった青年が制服に付いた土を払いながら言った。

「そのエプロンに付いてる、草の汁だよ。それは犬が嫌う臭《にお》いなんだ」

「へえ……この草にはそんな効果が……！」

青年に郵便袋を返し、アデルはエプロンに付いた緑の染《し》みを見つめた。自分は特に悪臭《あくしゅう》とは感じないが、嗅覚《きゅうかく》のいい犬には嫌な臭いなのだろうか。

「ありがとう、郵便袋を守ってくれて。今日はこれが最後の配達なんだ」

軽い郵便袋だとは思ったが、なるほど、ほとんどは配達し終えたあとだったのだ。

灰茶《アッシュ・ブラウン》の髪に優しげな茶色の瞳をした青年は、マースと名乗り、この地区を担当している郵便配達人だと言った。アデルも自己紹介をしたが、現在の状況を鑑《かんが》み、館の客人ではなく使

用人ということにしておいた。

「どうも僕は、あの犬に馬鹿にされているらしくてね、よく追いかけられるんだ……」

「この草の汁をハンカチにでも付けて持ってればいいんじゃや？　何だったら、むしった雑草を一山、差し上げましょうか」

「うん、ありがとう――」

そんな話をしながらマースと一緒に丘の上まで歩き、門の傍で別れた。裏口からこっそり戻り、何食わぬ顔で草むしり作業を再開していると、眉《まゆ》を吊り上げたルイザがやって来た。

抜け出したことがばれたのかと思いきや、ルイザの手には一通の封書があった。

「どうしてあなたなんかに、オスカー様から手紙が来るの!?」

「え」

犬から守った郵便袋には、オスカーからの手紙が入っていたのか――。

「これは没収よ！　返事も書いたら駄目！　私に意地悪されてるなんて、誰かに告げ口したら許さないわよ。手紙は出すのも受け取るのも禁止よ！」

アデルとしては初めから告げ口などするつもりはないのだが、ルイザはひどく不機嫌《ふきげん》だった。社交界でも有名な御曹司《おんぞうし》がアデルに手紙を寄越《よこ》した――そのことがとにかく気に入らないらしい。命じられていた草むしり範囲を追加され、アデルは暗くなるまで頑張って、やっと部屋に戻ることが出来たのだった。

すっかり食事も摂《と》り損《そこ》ね、ぐうぐう鳴るお腹《なか》をさすりながら、オスカーの手紙には何が書いてあったのだろう――と考えていると、部屋の外でカタンと小さな物音がした。

「……？」

扉を開けて、アデルは瞳《め》を丸くした。足元の床にサンドイッチが載《の》った皿が置かれ、そこに白い封筒が添えられていたのだ。

「エルデヴァドさんからの手紙……！」

アデルは慌てて辺りを見回したが、人影は見当たらなかった。

きっと、使用人の誰かがルイザの元から手紙を失敬してくれたのだ。彼らも、お嬢様の意地悪に喜んで協力しているわけではないのだ。誰の親切かわからないが、こういうことがたまにあるから、人生も捨てたものではないと思えるのだ――。

ともかくは腹の虫をおとなしくさせるために、パンの切れ端で作られたサンドイッチを美味《おい》しくいただいた。人心地ついたところで、改めてオスカーからの手紙を手に取る。

手紙の内容は、一緒に過ごせなかったことを謝る言葉と、バッジ領で楽しくやっているかどうか訊ねる言葉。オスカーの方はやはり忙しい日々を送っているらしい。

狭い屋根裏部屋を見渡し、アデルはため息をついた。

こんなことになっているなんて、書けるわけがない。ユーディにも言ったが、オスカーに心配をかけたくないのだ――。

返事の内容を決めると、アデルは乏《とぼ》しい灯《あか》りのもとでそれを一気に書き上げた。オスカーからの手紙は、剝《は》がれかけた壁の隙間に押し込み、その前に木箱を積み上げて隠した。

翌日、アデルはまたルイザから庭の草むしりを命じられた。今度は昨日の反対側である。郵便受けがある門からは遠かったが、ちょくちょく様子を見に行ってはなんとかマースを摑《つか》まえ、オスカーへの手紙を託《たく》した。

「あの、もしこれから私宛ての手紙が来たら、お屋敷の郵便受けに入れないで、私に直接渡してくれませんか？　——その、男の人との手紙のやりとりに、お嬢様がいい顔をしなくて」

アデルの頼みを、マースは快《こころよ》く聞いてくれた。

「わかったよ。じゃあ、もし君を門の傍で見つけられなかったら、ひとまず持ち帰ることにするよ。——本当はいけないことだから、他の人には言わないようにね」

「ありがとう！」

「どういたしまして。君には郵便袋を守ってもらった恩があるからね。僕に出来ることがあったら、なんでも言って。犬の撃退以外なら、協力するよ」

そう言って帰ってゆくマースを見送り、アデルはほっと息をついた。返事をちゃんと出せてよかった——。

幸いなことに、ルイザはオスカーの手紙がなくなっていることに気づいていないようだった。もしかしたら、件《くだん》の親切な使用人が、カモフラージュの手紙とすり替えておいてくれたのかもしれない。あとで必ず、リンディア様に頼んでその親切な人を見つけ出して、お礼を言わなきゃ――と決意するアデルだった。

◆3

チョコオスカー・エルデヴァド様

ヴォーゴートにて　八月

お手紙ありがとうございました。

（つい、癖《くせ》で『チョコレートおじさま』と書きそうになってしまいましたが、それはやっぱり駄目ですよね!?）

こちらは本当に、王都《ネルガリア》の夏と比べると涼しくて、夜なんて少し寒いくらいです。避暑地って、小説の中だけじゃなくて、現実にあったんですね。

この別荘には今、リンディア様の従妹《いとこ》も滞在しているのですが、お人形さんみたいな美少女でびっくりです。リンディア様の一族はみんな美形なんでしょうか！

先日はみんなで湖にピクニックに行きました。あんなに澄み切った水を見たのは初めてでした。水って本当に青いんですね！（『水色』って本当に水の色なんだ、と知りました！）

食べものも美味《おい》しいです。私は羊の肉を初めて食べました（食べる前に牧場を見学してしまったので、ちょっと複雑な気分になりましたが！）。野菜や果物も新鮮で、私は特にナスの美味しさに嵌《は》まってしまいました。実は私、今までナスの存在理由がわからなかったのですが、今ではナスは神様が人間に与えたもうた最大の恵みだとまで思っています。

ところで、ひとつご報告があります。この手紙を書いている現在、リンディア様はもうこちらにはいません。お父様からの命《めい》で、都へ帰られたのです。私は、あとから追いかけてくるレインさんに事情を説明する必要もあって、こちらに居残りました。

でも、事情も何も、リンディア様の身に何が起きたのか、私にもわからないのです。レインさんはしばらくこちらで連絡を待ってみると言っていますが、今のところリンディア様からは何も連絡がありません。もしかしてあなたは王都にいて、何か事情をご存知でしょうか？　知っていたら教えてください。

リンディア様はいませんが、私はこちらで楽しく過ごしています。別荘の使用人たちはみんな親切だし、近所の人も親切です。そうそう、いつも犬に追いかけられているドジな郵便屋さんと知り合いました。こちらから王都へは郵便物の便が悪いようですが、郵便屋さんにコネがあったら、少しは便宜《べんぎ》を図ってもらえないかな……なんて、ちょっと打算的なことを考えてしまったりして。

そんなわけで、またお便りいたします。お忙しいあなたに、遊んでばかりいる近況を伝えるのも気が引けますが、私は元気なので心配しないでください。

ではでは。~~エルデヴァド~~さんオスカーさんも、くれぐれも身体《からだ》には気をつけてくださいね。

ナスを愛する　アデル・バロット

アデルからの手紙は、相変わらず奇妙なテンションに満ちたものだった。

恋人である自分より、ナスを愛していると高らかに宣言するのは如何《いかが》なものか。未《いま》だにエビのクリーム煮にも負けている気がして切ない。

オスカーが小さくため息を漏《も》らした時、執事《しつじ》のジョセフがやって来た。

「坊ちゃま。ザグレラの方がまた、面会を求めていらっしゃっておりますが」

「……わかった。二十分待つように言ってくれ。それから、『坊ちゃま』はやめろ」

オスカーはジョセフを横目で睨《にら》みながらペンを執《と》った。今なら、急げば返事を今日の便に間に合わせることが出来る。

――しかし、リンディアが帰京しているとは知らなかったな。

バッジ家もザグレラからの亡命貴族に群がられ、援助を求められて大変らしい。そこにリンディアが関《かか》わってくるとなれば、なんとなく事情に予想がつかないでもないが、推測に過ぎないことは書けない。そして今はそんなことを確認している暇《ひま》はないのだ。

手紙にあった、ドジな郵便屋というのが気になる。それは男だろう。若いのか？　どういう生まれ育ちの奴《やつ》だ？

自分の知らないところで、アデルが自分以外の若い男と親しくするのは面白くない。夏は恋が始まりやすい季節なのだ。しかも場所は貴族の避暑地である。侯爵家《こうしゃくけ》の客人であるアデルに、よからぬ算段を持って近づく男がいないとは言い切れない。一刻も早く、注意を促《うなが》す返事を書かなければ――！

大急ぎで書いた手紙をジョセフに渡し、必ず今日の便に乗せるよう命じてから、客を待たせている応接間へ向かうオスカーだった。

◇――＊◆＊――◇

親愛なるアデル

元気に過ごしているようで何よりです。夜は何か羽織るものを用意して、風邪《かぜ》をひかないように気をつけてください。

リンディアの件ですが、帰京していたとは僕も初耳です。バッジ家に何が起きたのか、それとなく探りを入れてみることにします。続報をお待ちください。

それはそうと、君の新しい友人について、僕は少し興味があります。郵便配達を生業《せいぎょう》としているとのことですが、名前は何といいますか？　年齢はいくつで、生まれはどこでしょうか。髪と瞳《ひとみ》の色は？　学校はどこを出たのでしょうか。両親の生地《せいち》や職業は聞いていますか？

どうしてそんなに細かいことを気にするのかと、不快に思わないでください。傍目《はため》に見れば君は、侯爵家の別荘へ遊びに来た深窓《しんそう》の令嬢なのです。世の中には、そういった令嬢に悪い料簡《りょうけん》を持って近づく男がいるのです。僕はそれを心配しているのです。どうか、くれぐれも身辺には気をつけてください。

出来れば、僕の知らないところで若い男（若くなくても！）と親しくするのは避けてもらえると、僕はとても安心します。僕はいつも君のことだけを考えています。

神の恵みにかけてはナスに負けていないと信じる
君の恋人　オスカー・エルデヴァド

「……」

今日も今日とて屋根裏部屋の夜。昼間、庭でこっそりマースから受け取った手紙を読み終え、アデルは憮然《ぶぜん》とした。

――マースさんが私を深窓の令嬢だと思って近づいてきたなんて、あり得ないわ。

何せ、彼と出会った時の自分は、庭仕事をしてドロドロになったエプロンを掛けていたのだから。だがそんなことをオスカーには言えない。

大体、郵便屋さんと知り合いになった、と一言書いただけではないか。その人に特別な感情を抱いていると書いたわけでもない。それなのに、ここまで警戒しなくてもいいだろう。

オスカーは存外心配性のようだ。しかも、マースを敵視するだけではなく、ナスにまで対抗心を燃やしている様子が窺《うかが》える。

――エルデヴァドさんの方がナスより恵まれてることくらい、言われなくてもわかるわよ。子供みたいな負けず嫌いさに、思わずくすりと笑ってしまう。

とりあえず、オスカーを安心させるために、マースのことを少し調べてみよう。――といっても、本人に直接履歴《りれき》を訊《たず》ねることくらいしか出来ないが。

郵便は毎日来るとも限らないし、アデルがちょうどタイミングよく門の傍《そば》へ出られるとも限らない。うまくマースと会えるのを待って数日後、やっと会えたと思ったら、ユーディからの手紙を渡された。ここへ来る道すがら、本人から頼まれて預かってきたのだという。

用件が気になったので慌《あわ》ててその場で中を読むと、明日、王都《ネルガリア》へ帰るという報告だった。確かに、リンディアから連絡がないままもう十日以上経《た》っている。これ以上ここに留《とど》まるより、都で事情を探った方が早そうだ。

――リンディア様、本当にどうなさったのかしら……。

ため息をひとつ吐いてから、手紙をエプロンのポケットにしまう。そうして、改めてマースに自身のことを訊ねようと思ったのだが、つい今まで門の前にいたはずのマースが、いなくなっていた。アデルが手紙を読んでいる間に帰ってしまったらしい。

ああっ、ちょっと待っててと言えばよかったわ――！

仕方なく仕事に戻ったアデルは、夜に屋根裏部屋へ引き取ってから、オスカーへ手紙を書いた。マースのことは調べが進んでいないので割愛《かつあい》するとして（そんなに気にすることもないと思うのだが！）、ユーディが都へ帰ったという報告と、楽しい別荘生活エピソードを想像でいくつかでっち上げた。

そして翌日——不運が起きた。

オスカー宛《あ》ての手紙をマースに渡しているところを、ルイザに見つかってしまったのである。だが、ルイザがヒステリックに手紙を見せろと要求するのを、マースは断固として拒否した。

「僕は責任ある郵便配達人として、一度預かった信書《しんしょ》を勝手に他人に渡すことは出来ません」

犬が苦手で、気が弱そうに見えるマースだが、意外に気骨《きこつ》がある人らしい。慇懃無礼《いんぎんぶれい》とも取れる態度でルイザに頭を下げると、アデルの手紙をしまった郵便袋を抱《かか》えて悠々と丘の道を下っていった。

マースのおかげで手紙を取り上げられずには済んだが、もちろんルイザの気がそれで収まるわけがない。この件以降、アデルは館の中での仕事ばかりを言い付けられ、こっそり街へ出かけるどころか、敷地内の庭へ出ることすら禁じられてしまったのだった。

◇——＊◆＊——◇

一方、アデルの災難など知る由《よし》もないオスカーは、今日も女王陛下《へいか》に呼ばれてネルガリア宮殿へ伺候《しこう》していた。

ザグレラ情勢にまた一段、動きがあったのだ。革命軍に捕らえられた王が死んだという。自死だとの報告だが、裁判の前にうっかり殺してしまい、体裁《ていさい》が悪いので自死と発表した可能性が高い。それ以外の王侯貴族は、身分を剝奪《はくだつ》して強制労働処分となったようだ。何せ五年前のリンドールの革命では、王侯貴族の大量処刑が諸国の批判を集めることとなった。ザグレラの革命政府はそれを踏まえ、苛烈《かれつ》な粛清《しゅくせい》を避けて王ひとりの生命《いのち》で手を打ったのだろう。

革命はこれから、新たな体制を作り上げるという次の段階へ進んでゆくだろう。フールガリアとしては、他国の騒動に必要以上に口を挟むつもりはない。逃げてきた貴族は受け入れるが、それだけだ。

しかし、その『それだけ』のことが面倒であるのも確かだった。

革命の成功を受け、決定的に本国には帰れないと覚悟を決めたザグレラ貴族たちが、諸国で地盤固めを始めている。フールガリアに亡命してきている貴族たちも同様で、エルデヴァド家には毎日のように援助を乞《こ》う連中がやって来るのだ。

屋敷にいても面倒だが、議会に出ても面白くはないし、宮殿へ来れば来たで女王陛下のお守りをしなければならない。エルデヴァドの名前は、時にとても厄介《やっかい》な重荷だった。

——本来ならば今頃、アデルと楽しい夏休みを過ごしていたはずだったんだ。

そう思うと、余計に切なくなってくる。大理石造りの回廊《かいろう》を歩きながら、むしゃくしゃした気分のままに足元をガツッと蹴《け》ってやった時。

「オスカーくん。ちょっといいかね」

背後から呼び止められた。そこにいたのは、ロマンスグレーの髪を丁寧《ていねい》に撫《な》でつけた痩身《そうしん》の紳士——バッジ侯爵だった。

蹴り出した足をさりげなく戻しながら、オスカーは社交用の笑みを浮かべた。

「これは侯爵。僕に何か？」

「折り入って君に話があるのだが、少し我が家に寄ってくれないか？」

そういえば、リンディアに何があったのかが気になる。オスカーは笑顔で頷き、バッジ邸まで付き合うことにした。

しかし、そこでバッジ侯爵から切り出されたのは——。

「失礼——侯爵、耳が遠くなったようです。もう一度仰《おつしや》っていただけますか」

「君に、リンディアと結婚して欲しいのだ」

◆4

寝耳に水とはこのことだ、と思った。

都へ戻ったユーディはリンディアと会えただろうか、リンディアの急用とは何だったのだろう――そんなことを気にしながら下働きの仕事に励んでいたアデルのもとに、リンディアとオスカーの縁談というフールガリア社交界でも特Ａ級のニュースが飛び込んできたのである。

それを聞いて以来、ルイザの機嫌《きげん》の良さといったらなかった。

「とってもいいお話だと思うわ！　とってもお似合いのふたりだと思うわ！　オスカー様がお兄様になるなんて、素敵……！　オスカー様があなたのことを気に懸《か》けていたのは、孤児が気の毒で珍しかったからよ。好意を抱かれてると思ってたなら、大変な勘違《かんちが》いだったわね。ご愁傷様《しゅうしょうさま》！」

ルイザの憎まれ口には、最早《もはや》腹が立つというより、典型的な意地悪キャラのモデルになると思って観察の姿勢に入っているアデルである。

それより、リンディアの身に持ち上がった『急用』とは、オスカーとの縁談だったのだろうか？　だがオスカーからの手紙にはそんなことは一言も書かれていなかった。手紙のやりとりを出来なくなってから、何かが起きたのだろうか？

ルイザはご機嫌になったといっても、アデルへの意地悪をやめる気はないようだった。館の外へ出してもらえない状況は変わらない。オスカーやリンディアが何か事情を説明する手紙を送ってくれていたとしても、これでは受け取れないのでわからない。

「何をぼんやりしているの、廊下の掃除は済んだの？　今朝、黒いアレが歩いているのを見たのよ。廊下全体、絨毯《じゅうたん》を剝《は》がして水拭《みずぶ》きしてちょうだい！」

バケツと雑巾《ぞうきん》を押しつけられたアデルは、素直に廊下の隅から床磨きを始めた。ちょうど考え事をしたかったのだ。そういう時には、こういう単純作業が向いている。

バケツに水を汲《く》む。雑巾を固く絞る。床を拭く。バケツの水を替える。孤児院でもいつもやっていた仕事だ。床に着いた膝《ひざ》の痛さも慣れたもの。ひたすら板張りの床を磨きながら、アデルはオスカーとのことを思い出していた。

オスカー・エルデヴァドという人と初めて会ったのは、学園で催《もよお》されたバザーの時だった。正直、その際の印象は悪かった。容姿はいいけれど、貴族の身分を鼻にかけた厭《いや》な奴《やつ》、としか思えなかった。

けれどその厭な男は、以来なぜか周囲に出没し、ケーキをご馳走《ちそう》してくれるようになった。一体、何の目的があって？　大勢の名士と知り合いだというし、時間があるならその人たちと親交を深めればいいのに。自分なんかお茶に誘って、何が楽しいんだろう？　考えていることがわからないので、変な人だと思っていた。

春の創立祭の日、孤児である素性《すじょう》が暴かれて、裏山で泣いているところにオスカーが来た。何も言わずに抱きしめてくれた腕が優しかった。変な人、厭な奴、と思っていたけれど、彼に呼ばれる「アデル」という名前は不思議に優しく耳に響いた。孤児院で適当に付けられた名前が厭だったけれど、彼にならもっと「アデル」と呼んで欲しいと思った。

事件のあと、月に何度もおじさまに書いていた手紙を、なかなか書く気になれなかった。何をどこまで書こうか悩んでしまった。特に、オスカーのことをどう書いていいのかわからなかった。変な人だと思っていたけれど、優しい一面を知った。今までずっと悪口を書いていた彼のことを、急に褒《ほ》めるのもばつが悪い気がした。

おじさまにオスカーの話題を出すのも気が進まなかったが、オスカー本人と顔を合わせるのも気まずかった。彼は大人の男の人だし、泣いている女の子を慰《なぐさ》めるくらい、何でもないことに違いない。意識しすぎるのもみっともないとは思う。けれど自分にとって、あの時のことは簡単に流せることではないのだ。

なんといっても、泣き顔を見られたのが失敗だった。悲しい物語を読んで泣いたり、他人のことで泣くのはかまわない。けれど自分のことで、自分を悲しんで流す涙は、とても苦くて惨《みじ》めだ。

惨めな自分を見られたのが恥ずかしかった。孤児としての引け目が、なけなしのプライドが、人に涙を見せることを拒《こば》む。作文や手紙で自分を『哀《あわ》れな孤児』『かわいそうな孤児』と書くのは、決まり文句、形式というものだ。本当はそんなこと、思っていない。自分はかわいそうなんかじゃない。かわいそうだと思って欲しくない。だから人前では絶対に泣かないと決めていた。あの時だって、人目を避けてひとりで泣いていたのに。

そこへ勝手に彼がやって来たのだ。だから本当はあの時、彼が姿を見せた時、自分は彼に憤《いきどお》っていたのだ。どうして自分ひとりの場所へ無神経に踏み入ってきたのか、と。けれど、抱きしめてくれた彼の腕が優しくて、彼の声が心地好《よ》くて、いつの間にか怒りがどこかへ行ってしまった。あの現象は一体、何だったのだろう。

オスカーのことを考えていると、頭がぐるぐるして出口が見つからなくなる。ひとまずあの人のことは措《お》いておこう。顔を合わせないように、しばらく街には出ないでおこうと思った。

そんなことより、クラスメイトがチョコレートおじさまに興味津々《しんしん》だった。どういう人なのだろうとみんなで想像するのが楽しかった。もしも、あの場へやって来たのがオスカーではなくておじさまだったとしたら。自分はもっと素直になれたのではないだろうか。

みんなと話しているうちに、少女小説を書いてみたくなった。正体不明のおじさまとの恋とか、面白そう。胸がきゅんきゅんするラブストーリーを書いてみたいと思った。だが、改めて原稿用紙に向かってみると、思うように筆が進まなかった。自分には恋をした経験がない。そのせいなのだろうか？

自分もちゃんと恋をしてみる必要がある？　でも、どうやって？　ここは女子校で、男の人がいない。自分の周りで若い男性というと——ポンと浮かんだのはオスカーの顔だった。

第一印象もその後の印象も悪かったけれど、慰めてくれた腕は優しかったし、その後、学校に戻ってからの宣言も堂々としていて素敵だと思った。

――素敵？

自分は彼を素敵だと感じている？　もしかして自分は、彼のことが好きなのだろうか？　おじさまへの手紙にどう書いていいのかわからないのは、今まで知らなかった感情――恋心を表現する術《すべ》を、自分がまだ持っていないから？

でも彼は大貴族の御曹司《おんぞうし》だ。好きになっても、未来はない。一緒にはなれない身分の人だ。

そう思ったら、切なくなった。胸がきゅうっと痛くなって、泣きたくなって、その切なさを吐き出したい衝動《しょうどう》に駆られた。――彼への恋が、自分に恋物語を書かせてくれる？

だったらこの恋は、諦《あきら》めたりしないで、育てるべきなのかもしれない。完全に失恋するまで、初めての恋を経験し尽くすべきなのかもしれない。彼への恋心があれば、自分にも恋物語が書けるかもしれない。

彼にはもう恋人がいるかもしれないけれど（いや、いないわけがない！）、別に恋人同士になれなくてもいいのだ。元から結ばれる相手だとは思っていない。片想《かたおも》いでもいいし、一時《いっとき》の遊びで付き合ってくれるのでもいい。少しだけ、自分に恋というものを味わわせてもらえないだろうか。今度会ったら、頼んでみよう――。

そんなことを考えていたら、小説のプロットがざっくりと出来た。これをユーディに見せて、相談してみようか。

ようやく街へ出る気になって、レイン出版を訪ねると、中からオスカーの声が聞こえた。どうしてここに彼が？　しかもリンディアまでいるようだ。

つい、気になって扉の外から三人の会話を立ち聞きしてしまい、なんとオスカーがチョコレートおじさまだったとわかった。あんまりびっくりして、咄嗟《とっさ》に逃げ出してしまった。

オスカーとユーディは知り合いだったのだ。彼らは自分を賭けのネタにしていたらしい。そしてオスカーはそれを後悔している。彼がユーディに語った言葉を聞いて、頭を殴《なぐ》られたような気分になった。自分もオスカーを利用しようとしていた。小説を書くために。とてもいけない頼み事をしてしまうところだった。

追いかけてきたオスカーに謝られたが、賭けのネタにされたことに関しては、別に怒りはなかった。だって彼らがそんなことを思いついてくれなければ、自分はこうやって学校に通わせてもらえなかったのだ。酔った上での賭けが発端《ほったん》だったとしても、自分は大変な幸運を拾ったのだと思う。だから怒ってなどいない。

だが、自分がオスカーを利用しようとしたのは、それとは違う。オスカーには何のメリットもない、図々しい頼みだ。大貴族の御曹司が、自分のような孤児と付き合っても、楽しいことなど何もないだろう。

ところがオスカーは、自分の図々しい告白を聞き入れてくれた。

なんて親切な人だろう！　彼こそ真の慈善家《じぜんか》ではないだろうか。いけ好かない貴族のボンボンだなどと思っていて申し訳なかったと反省した。

けれど、分《ぶん》は弁《わきま》えなければならない。身分の違いすぎる自分とオスカーとの間に、結婚という未来は待っていない。いずれ彼の奥様になるのは、貴族のお姫様だ。だからこそ、オスカーに「孤児と遊んで捨てた」などと悪い風聞を立てないためにも、自分たちの関係は秘密にするべきだと思った。秘密の関係なら、壊れても彼に迷惑はかからない。ただ自分が悲しいだけだ。そしてそれは自分がひとりで泣けば済むことだ。失恋まで含めて、これは小説を書くための経験値稼《かせ》ぎなのだと自分に言い聞かせてきた。

そう、彼にちゃんとした縁談が持ち上がった時が潮時だとはわかっていた。結局、恋人らしい時間をろくに過ごせないままだったのは残念だが、仕方がない。自分のことより、オスカーとリンディアとユーディ、三人の関係が心配だ。エルデヴァド公爵家《こうしやくけ》の息子とバッジ侯爵家《こうしやくけ》の娘というのはどう考えても政略結婚だろうし、けれどリンディアにはユーディという恋人がいて、オスカーはユーディの友人で――最悪の泥沼展開ではないか。

これが芝居や小説ならば盛り上がるところだが、現実に知っている人たちの身に降りかかった事態だと思うと、無責任に囃《はや》し立てることも出来ない。かといって、自分に何が出来るのかもわからない。

――今、エルデヴァドさんはどういう気持ちでいるのかな……。

オスカーの顔を思い浮かべると、胸がズキンと痛んだ。けれどそれは、ずっと同じ姿勢で床掃除をしているせいだということにして、ただひたすら自分を除いた三角関係の心配をするアデルだった。

――どうして返事が来ないんだ？

毎日何度もジョセフに郵便物を確認させながら、オスカーは不安と苛立《いらだ》ちを募《つの》らせていた。ユーディが都へ帰ったことを知らせる手紙を最後に、アデルからの手紙がぱったり来なくなってしまったのだ。

◇――＊◆＊――◇

リンディアとの縁談の噂《うわさ》を聞いて、ショックを受けているのだろうか（それはそうだろうな！　平気な顔をされていたら、こちらの方がショックだ！）。しかし事情を説明する手紙を書いても、梨《なし》の礫《つぶて》だ。

まさか自分のことなど忘れて、例の郵便屋と親しくなっているのでは――。もう都へ戻るつもりなどないと言い出すのでは――。田舎《いなか》でナスを育てて暮らす気になっているのでは――！

心配し始めればきりがない。どんどん厭な方へ思考が向かってしまう。

オスカーは頭を抱《かか》えて窓の外を見た。今日もまた無為に日が暮れてゆく。

幸い、ザグレラの革命は収束の方向へ進んではいるが、父がまだ領地から戻ってこないので、オスカーも都を動けないのだ。

5

アデル、今どうしている——!?

どうしているもこうしているも、アデルは毎日別荘の下働きに励んでいた。

夏休みも終わりに近づき、近隣の別荘に来ている人々もそろそろ帰り支度を始めているという話を使用人たちの会話から知った。ようやくこの受難の日々に終わりが来るのだろうか——とほっとしたものの、しかし果たしてルイザが自分のために帰京の手配をしてくれるだろうか。着の身着のまま、放り出されるのが落ちだという気もする。

——いざとなったら、自力で乗合馬車を乗り継いで帰るしかないわね……。

だが帰ったら帰ったで、オスカーやリンディアたちの気まずい三角関係が待っていることを考えると、気が重い。とにかく、自分のことは気にしないでと言うつもりだが——。

そんなある日のこと、地元の名士の屋敷でパーティが開かれるとルイザから聞かされた。この土地がバッジ領になる前から続く旧家だとのことで、近隣の避暑地からも貴族がたくさん集まるのだという。いわゆる、避暑シーズンのお開きパーティのようなものなのだろう。

一応アデル宛《あ》てにも招待状が来たが、当然の如《ごと》く、ルイザに握り潰《つぶ》されてしまった。おまえなんか連れていけないのだ、と意地悪を言うために、パーティのことを教えてくれたらしい。

「孤児のあなたが、貴族のパーティに出席するなんて図々しいわ！　もちろん居残って仕事に決まってるでしょ。厨房《ちゅうぼう》の奥にある倉庫を整理させたら、古い銀食器が大量に出てきたの。それを全部ピカピカに磨いてちょうだい。倉庫からネズミが出たら、ちゃんと退治してよね。――そうだわ、今日一日、あなたは猫よ！　言葉の語尾には『にゃん』を付けるのよ！　食事は魚だけよ！」

ルイザはそう言ってアデルに猫の付け耳を被《かぶ》せ（こんなものをどこから入手したのか！）、自分はお気に入りのドレスを着てパーティに出かけてしまった。

「猫……」

最近、意地悪のネタが尽きてきたのか、妙な嫌がらせをされるようになった。思わず指を丸めて猫手を作るアデルに、使用人たちが複雑な表情で話す。

「お嬢様があんな風にパーティに出かけられるなんて……」

「ルイザ様は例年、夏は体調を崩して寝込んでいることが多いのですが、今年はあなたをいびるのに忙しくて、病気を忘れてしまっているみたいです」

実際、アデルに言い付ける仕事を見つけるために、ルイザ自身も館の中をあちこちひっくり返しながら精力的に動き回っているようだった。しかしここで「お役に立てて光栄にゃん」と言うのも嫌味だろう。アデルは黙って苦笑を返し、素直に銀磨き粉とやわらかい布を取って食器を磨き始めた（孤児院にも大切な篤志家《とくしか》のお客様用に数は少ないが銀製の食器があって、磨き方は知っているのだ！）。

　本当は、このルイザが留守をしている隙《すき》に、オスカーの手紙を取り返してくれた人を探して礼を言いたかったのだが――他の皆もそれぞれに仕事を言い付けられて持ち場へ散っていってしまったので、どうも無理なようである。

　だがなんとなく、恩人の見当は付いているのだ。たぶん、初老のチーフ・メイドだと思う。ルイザの部屋に出入りが出来て、すり替えても気づかれないような手紙を仕込むことが出来る人間は限られている。普段、彼女がさりげなく自分を庇《かば》ってくれているのも感じている。

　向こうが何も言わないのは、恩を着せるつもりがないからなのだろう。お嬢様の意地悪を表立って止めることが出来ない詫《わ》びなのかもしれない。もっともそんな雰囲気《ふんいき》は、使用人全体から漂っていた。お嬢様のひねくれた性格に困りながらも、元気でいてくれるのは嬉《うれ》しい――そんな複雑な感情。だからアデルも、ルイザの仕打ちに対して使用人たちにことさらの文句を言う気にもなれないのだった。

　――私はとりあえず、肉親には恵まれなかったけど、頑丈な身体《からだ》には恵まれたしね。

　天気のいい日に外を走り回れず、学校にも行けず、一年のほとんどをベッドで過ごす辛《つら》さは、きっと自分のような健康な人間にはわからないものだろう。自由にならない身体と鬱屈《うっくつ》した思いを抱《かか》えたルイザにしてみれば、たまたま幸運を拾って名門の学校に通わせてもらっている孤児が、たまらなく憎らしくも見えるのだろう。

私を苛《いじ》めて元気になれたなら、彼女にとっては初めての明るい夏休みが過ごせた、ってことよね。そんな風に思うのは、お人好《ひとよ》しが過ぎるかしら――。

細工の細かいカトラリーを一セット磨き上げてから、アデルはふうと一息ついてエプロンのポケットに手を入れた。木彫りのお守りを取り出し、立派な細工とは到底言えない模様を指で撫《な》でる。そうしながら、少し可笑《おか》しくなってきた。

――なんだかこれって、童話みたいなシチュエーションよね。

自分だけパーティへ連れて行ってもらえずに留守番で、仕事を山ほど言い付けられて、ここに魔法使いが現れて馬車とドレスを出してくれたら完璧だわ。

「――あ、でもカボチャがないにゃん」

厨房の中を見渡して気づく。カボチャは昨日全部使ってしまったのだ。だが丸々としたナスなら籠《かご》にいっぱいある。

ナスは馬車に変わるかしら。この土地のナスには神様のお恵みがあるから大丈夫かしら――お守りを撫でながらそんなことを考えていると、いきなり厨房の扉がバタンと開いた。

「!?」

ルイザが癇癪《かんしゃく》を起こした時以外、大きな物音を聞くことがない静かな館である。乱暴な扉の開け方にびっくりして顔を上げると、そこに立っていたのはなんとオスカーだった。

「エルデヴァドさん……!?」

何やら大きな箱を抱えたオスカーが、つかつかとこちらへ歩み寄ってくる。

「これはプレゼントだ。心配をかけた詫びだから、遠慮せずに受け取って欲しい」

オスカーは銀器の積まれたテーブルに無理矢理箱を置くと、蓋《ふた》を開けた。中には爽《さわ》やかな若草色のドレスと、チョコレートクッキーの小箱が入っていた。

「今の時期、チョコレートは溶けるからクッキーで勘弁《かんべん》してくれると嬉《うれ》しい」

アデルは瞳《め》をぱちぱちさせながらオスカーを見つめた。

「すごい——魔法使いじゃなくて、直接王子様が来てくれたにゃん！　王子様はナスを馬車に変えられるにゃん？」

「何の話だ——？　というか、その喋《しゃべ》り方はなんだ、それにその耳は——」

赤毛の頭にちょこんと付いた猫耳カチューシャを見遣《みや》り、オスカーは怪訝顔《けげんがお》をする。

「あ、今日は一日猫ににゃれという命令で——一昨日は犬だったわんけどね。その前は猿でウッキー」

「やめなさい。犬や猿はともかく、猫は駄目だ」

オスカーは眉間《みけん》を押さえて横を向いた。

「どうしてにゃん？　エルデヴァドさん、猫は嫌いにゃ？」

「その反対です。可愛《かわい》すぎて、こうしたくなるからです！」

教師のような口調で注意され、腕を強く引かれたかと思うと抱きしめられた。

「エルデヴァドさ……」

突然のことに驚いてもがいた拍子《ひょうし》に、手に握っていたお守りを落としてしまった。乾いた木片がカツンと床を打つ音に、オスカーが我に返ったようにアデルを抱きしめる腕を解いた。そうして足元に転がったお守りを拾い上げる。

「これは――赤ん坊の時に首に掛けられていたというお守り？」

「そうですにゃ。紐《ひも》を通す穴が欠けてしまったので、今は首に掛けられにゃいんですけど」

オスカーはまじまじとお守りを見つめたあと、アデルの手を取り、両手で握らせるように返してくれた。

「――とにかく、その喋り方はやめなさい」

頭に猫耳を付けているのが悪いのだと考えたのか、オスカーがアデルの頭からカチューシャを取った。すると、やはりそれに影響されていたらしく、アデルの喋り方が元に戻る。

「あ――なんだか呪いを解かれた気分です。ありがとうございます。でも……じゃあネズミは？　今日も話題に出たし、次はネズミが来るんじゃないかと思ってるんですけど。ちゅうちゅう」

ネズミの真似《まね》をして口を尖《とが》らせたところ、オスカーからくちびるに噛《か》みつかれてアデルは身体を固まらせた。

「……!?」

「それは、こういうことになります。誘っているように見えるから、他の男の前では断じてやらないように」

再び教師口調になったオスカーをアデルはしばらく呆然《ぼうぜん》と見つめたあと、ふうっと息を吐き出した。

「そう——そうでしたね、キスで子供は出来ないんでしたね。ああ、一瞬焦《あせ》っちゃった」

苦笑してから、オスカーを軽く睨《にら》む。

「でも、駄目ですよ。あなたはリンディア様と結婚するんでしょう。私にこんなことしたら駄目です」

アデルの言葉に、オスカーもひとつため息をついた。

「もしかして……読んでいないのか？　事情を説明する手紙を何通も書いたんだが」

「あ……すみません。ここしばらくちょっと……手紙を受け取れる状況になくて……」

視線を足元に落としながら、アデルの声は小さくなってゆく。それを見てオスカーの表情が厳しくなる。

「どういうこと？　郵便屋の男に私からの手紙を奪われたとか？」

とんでもない誤解にアデルは顔を跳《は》ね上げた。

「いえ、そういうことじゃないです！　それどころか、あの人は私が手紙を出したり受け取ったりするのに協力してくれて！　でも、その……それを彼に頼んでいるのがばれてしまって、家の外に出してもらえなくなってしまって、それで……外部との連絡手段がなくなってしまって……」

オスカーの眉間《みけん》の皺《しわ》が深くなる。

「一体誰が、君の行動をそんなに束縛《そくばく》しているんだい」

「う……その」

「メイドに、アデルは厨房にいると言われて来たけど――動物の真似をしながら下働きごっこをするのが最近の女の子たちの流行《はや》りなのかな？　私は君の趣味が銀器磨きだったなんて知らなかったよ。どうして今まで教えてくれなかったの」

口調は冗談めかしているが、オスカーの顔はまったく笑っていなかった。端整な顔立ちの人が真剣な表情をすると、こんなに怖いのか――とアデルは身を竦《すく》ませた。

――やっぱり、ふざけた動物の真似でごまかし通すのは無理があったのね……！

オスカー本人にこうして下働きの現場を見られてしまった以上、もう隠してはおけない。何より、きちんと自分の身に起きていたことを話さなければ、手紙を読んでいない理由も返事を出せなかった理由も説明出来ない。

「実は――ですね……」

厨房のテーブルにオスカーと斜めに向かい合って座り、アデルは訥々《とつとつ》と、リンディアが都へ帰って以来の受難を語った。それを聞くオスカーの表情がどんどん険《けわ》しくなってゆくのを見て、内心で震え上がる。女子養育院で育ち、女子校へ通わせてもらい、男の人に怒られるという経験がないのである。

「あの……ごめんなさい。楽しく過ごしてるなんて嘘《うそ》の手紙を書いて――。忙しいあなたに心配かけたくなかったんです。その……私はこういう下働きみたいな仕事は慣れてるので、全然辛《つら》いとかいうことはなくて……だから、その……怒らないでください」

「君に怒ってなんかいないよ」

そう言いながら、声が怒っている。

「ルイザにもです。私みたいな子に意地悪したくなる気持ち、わからないでもないから……」

オスカーは軽く瞳《め》を瞠《みは》ってから、大きく息を吐き出した。

「君の想像力の豊かさは良し悪《あ》しだね……。自分に意地悪をした相手のことまで、理解してしまうんだ」

腕組みをした姿勢でオスカーはしばらく黙り込み、アデルが沈黙に耐え切れなくなるぎりぎりのところで口を開いた。

「――まあ、君に免じて、ルイザを叱《しか》るのはやめておこう。そんなことより、君宛ての手紙に書いた内容を説明するよ。それがここへ来た本題なんだ」

「は、はい。謹《つつし》んで拝聴《はいちょう》します……！」

アデルは両手を膝《ひざ》の上に揃《そろ》え、背筋を伸ばしてオスカーを見た。

「まず、私とリンディアとの結婚は、ない」

「え」

「私の周りではね、ワンシーズンに一度は、どこからともなく縁談の噂《うわさ》が持ち上がるんだ。風物詩のようなものだから、今後も、たとえ耳にしたとしても聞き流して欲しい」

「風物詩……」

つまりオスカー・エルデヴァドの結婚は、それだけ社交界の人々の重大関心事だということなのだろう。

「今回のことは、バッジ侯爵《こうしゃく》が噂を意図的に広めたというのもあって、ちょっと派手な騒ぎになってしまったけれどね、私もリンディアも結婚する気なんてさらさらない」

「意図的に……？　どうしてバッジ侯爵はそんなことを？」

「そこは話せば長くなる。ユーディから聞いた話と重複《ちょうふく》するかもしれないけれど、最初から説明するよ」

オスカーの話は、ルベリア女学園高等部で開かれた卒業パーティの夜、彼がエルデヴァド家の屋敷に帰ったところから始まった。アデルが彼のチョコレート・ヴォイスに酔って前後不覚になりながら寄宿舎に戻り、チョコレートの海で溺《おぼ》れる夢を見ていた頃。オスカーはザグレラで起きた革命の報を受け取っていたのだ。

そうして翌朝、エルデヴァド公は領地へ飛び、オスカーは都を離れられなくなった。早速女王陛下《へいか》に呼び出され、アデルとユーディに簡単な事情説明の手紙を書くのが精一杯だった。

一方、保身に敏感なザグレラ貴族の一部は、何年も前から財産を少しずつ国外へ持ち出し、近隣の国へ避難していた。フールガリアにもそういったザグレラ貴族の一派がいるのだが、今回の革命を受け、フールガリア国内での地盤固めに奔走《ほんそう》し始めたのである。そのあたりの事情までは、ユーディから聞いたとおりだった。

アデルにとって初耳となるのは、このあとからだった。帰る国を失ったザグレラ貴族たちは、フールガリアの有力貴族へ猛烈な擦《す》り寄りを始めたが、とりわけ名門バッジ侯爵家の令嬢リンディアは援助目当ての結婚相手として一番人気となったのだ。

いい迷惑なのはバッジ家で、寄る辺《べ》ないザグレラ貴族に大切な娘をやる気など毛頭《もうとう》ない。断っても断ってもしつこく言い寄ってくるザグレラ貴族への対処に頭を悩ませた侯爵は、縁談には縁談で対抗する手を考え付いたのだ。そう、フールガリア一の名門、エルデヴァド家の嫡子《ちゃくし》と縁談が進んでいるのだと言えば、ザグレラの有象無象《うぞうむぞう》どもも諦《あきら》めるだろう——。そのためにリンディアは別荘からとんぼ返りさせられたのだった。

しかし当のオスカーとリンディアにとっては、お互い洒落《しゃれ》にもならない話である。断固結婚の意思はないと、揃って表明した。そしてその勢いで、リンディアはついうっかり両親に向かって「自分には好きな人がいる」と口走ってしまったのだ。

「えっ……レインさんのことがばれちゃったんですか！」

「そう。それでリンディアは今、屋敷に軟禁状態だよ。ユーディとの密会を手助けされるのを恐れて、友達との手紙のやりとりも止められているらしい」

「ああ……だから私のところにも、いつまで待っても何の連絡もなかったんですね」

アデルは得心《とくしん》して頷《うなず》いた。

「そして、まさか君もリンディアと同じように外部との接触が絶たれているとは知らず、私は手紙の返事が来ないことでやきもきしていたわけだ」

「すみません……」

「君が謝ることじゃないよ。とにかく、昨日やっと父が領地から戻ってきてね、挨拶《あいさつ》もそこそこにバトンタッチして、ここへ飛んできた」

「え、王都《ネルガリア》から一日で来たんですか!? 馬車で二日かかる距離なのに……!?」

瞳《め》を丸くするアデルに、オスカーは事も無げに言う。

「足の速い馬で飛ばせば、何ということはないよ。まあ、明るいうちに街へ着いて、まず君へのプレゼントを調達してから自分の身だしなみを整える時間も欲しかったから、急いだのは急いだけれどね」

「……」

そうだった。この人は子供の頃からずっと女王陛下の乗馬大会で優勝し続けてきた人なのだ。

そして、髪を振り乱して一晩中馬を走らせてきたのだとしても、衣服に乱れを残したままよそ様のお宅を訪ねるような、無作法な人ではない。

　アデルの目の前にいるオスカー・エルデヴァドは、都にいる時と同じ上質なフロックコートに身を包んだ、憎たらしいほどのダンディだった。

大広間でのエピローグ

　その後、プレゼントされたドレスを着せられたアデルは、夜用の礼装に着替えたオスカーにエスコートされて件《くだん》のパーティへ乗り込んだ。

　招待状など持っていなかったが、このフールガリアでオスカー・エルデヴァドの訪問を喜ばない家などない。すぐに主《あるじ》が飛んできて、どうぞどうぞと笑顔で大広間へ通された。

　思いがけないオスカーの登場に、最も驚いた顔を見せたのはルイザだった。

「どうしてオスカー様がここに……？」

　一緒にいるのがアデルだと気づくと、ルイザは強張《こわば》らせた顔を横に背《そむ》けた。

　アデルは、オスカーがどういうつもりでここへ来たのかを聞かされていない。訳もわからず急《せ》かされて、引っ張ってこられたのである。彼がルイザに何か言うつもりなら、止めなければならないと思って、オスカーの顔を見上げた。

しかしオスカーが何かアクションを起こす前に、パーティの招待客たちがどっとこちらへ押し寄せてきた。オスカー・エルデヴァドとお近づきになりたい人間は、こんな田舎《いなか》にもたくさんいるらしい。一頻《ひとしき》り挨拶《あいさつ》が続いたあと、人々の興味は当然のように、オスカーが連れている赤毛の少女に向けられた。

「オスカー様、このお連れのお嬢さんは――？」

アデルが気後《きおく》れしつつも自己紹介しようとした時、

「その人は孤児よ！」

人垣の外から甲高《かんだか》い声が飛んできた。ピンクの花の蕾《つぼみ》のような可愛《かわい》らしいドレスを着たルイザが、大きな瞳《ひとみ》でこちらを睨《にら》んでいた。

「その人の名前は、アデル・バロット。王都《ネルガリア》の孤児院の前に捨てられて、ずっとそこで育った、みすぼらしい孤児なのよ！　どこで生まれたのか、親がどういう人間だったのか、何もわからない、素性《すじよう》の知れない捨て子なの。たまたまオスカー様の気紛《きまぐ》れで援助を受けて、ちょっと上流社会の生活を覗《のぞ》かせてもらったからって、図々しくこんなところまで押しかけてくるなんて神経を疑うわ！」

ルイザの弾劾《だんがい》を受け、煌《きら》びやかな広間にざわめきが広がる。

「孤児……？」

「オスカー様がどうしてそんな娘を連れて……？」

アデルは居たたまれない気持ちで下を向いた。これは、あの創立祭の時と同じだ。どうしてまた、公衆の面前で孤児であることを暴かれなければならないのか。

――エルデヴァドさんは、どうして私をここに連れてきたの――!?

ひどいことを言ったルイザ本人より、自分をちらちら見ながらひそひそとささやき合う招客たちよりも、アデルの恨《うら》みは隣にいるオスカーの方へ向いた。

いくら綺麗なドレスを着せてもらっても、孤児だという事実がある限り、自分は上流社会の仲間に入れてもらえない。そんなことはオスカーもわかっているはずだろう。

だから留守番でもよかった。孤児にだって自尊心はあるのだ。下働きだったら我慢も出来るが、大勢の前で辱《はずかし》められるのは耐えられない。こんなところにはもういたくない――！

今すぐこの場から逃げ出したくて、身を翻《ひるがえ》そうとしたアデルの肩を、オスカーがぐっと抱き寄せた。放して、と叫びかけた時、それに被《かぶ》せるようにして、パーティの主催者である屋敷の主が皆の疑問を代表してオスカーに問いかけてきた。

「オスカー様、ええと……その、こちらのお嬢さんはどういった……？」

屈辱《くつじょく》にくちびるを噛《か》みしめ、顔を歪《ゆが》めているアデルの肩を抱いたまま、オスカーは言った。

「彼女は、私が結婚を考えている大切な女性です」

広間の中が一瞬、水を打ったように静かになった。ルイザが眼《め》を剝《む》いている。アデルもびっくりしてオスカーの顔を見上げた。

「これはまたオスカー様、ご冗談を——」

屋敷の主が戸惑《とまど》い顔でそう絞り出したのをきっかけに、皆がどっと白々しい笑い声を上げる。今の発言を冗談だということにしてしまいたかったようだが、しかしオスカーの表情が至って真剣なのを見て、また広間が静まり返る。

「あ……あの……冗談を言う時は、それなりの顔をしないと、通じませんよ……?」

思わずそんな注意をしてしまうアデルに、オスカーは依然《いぜん》として真顔で答える。

「冗談を言ったつもりはないよ。私はなんでもない女の子に言い訳をするために、夜を徹して馬を走らせたりはしない。私は君の顔を一刻も早く見たくて、ここへ飛んできたんだ」

「——」

啞然《あぜん》とするアデルを取り巻く周囲の視線の色が変わった。素性の知れない少女を蔑《さげす》むような目から、オスカー・エルデヴァドの想い人《おもびと》に対する羨望《せんぼう》の眼差《まなざ》しに。

「そんなの——そんなの、私は絶対信じないわ——!?」

興奮しすぎたルイザが卒倒《そっとう》し、広間がまた騒然とする。皆の目がそちらへ向いた隙《すき》に、「ちょっとバルコニーにでも出ようか」とオスカーが言った。

確かに少し風に当たって頭を冷やしたい気分ではあったので、アデルは素直にその誘いに応じた。そうして窓辺《まどべ》へと向かう途中、人々の輪から少し離れたところに、灰茶《アッシュ・ブラウン》の髪をした青年がいるのが見えた――気がした。

――あれは、マースさん？

もう一度そちらをよく見てみるが、ちょうどルイザを運び出す人の流れに遮《さえぎ》られて、見失ってしまった。

「どうかした？」

「あ……いえ。なんでもありません」

きっと人違いだ。街の郵便配達人の彼が、こんな貴族・名士の集まりに来ているはずがないではないか――。


バルコニーへ出たアデルは、手すりから身を乗り出すようにして大きく息を吸い、ゆっくりと吐き出した。そしてやおら振り返ると、背伸びをしてオスカーの顔を睨《にら》んだ。

「どういうつもりですか！」

「何が？」

「私たちの交際は秘密にしておこうって約束したじゃないですか。どうしてこんな、貴族の人たちもいるような場所で、あんなこと――！」

「どうして怒るのかな」

オスカーは少し心外そうな表情で言う。

「君が秘密の恋人ごっこをしたいなら、付き合ってあげようと思っていたけれどね。私たちの関係を隠しているせいで君が不当な扱いを受ける危険性があるなら、公《おおやけ》にしてしまった方がいい。私は一向にかまわないよ」

「私はかまいます！」

どうしてこんなにこの人は呑気《のんき》な態度なのだろう――？

自分の心配が伝わっていないのがもどかしくて、アデルはくちびるを噛んだ。

結婚を考えている女性、なんて――パーティに集《つど》う人々以上に、アデル自身がびっくりしてしまったというのに。彼は自分より十年も長く生きていて、自分よりよほど世間というものを知っているはずなのに、どうしてそんな非現実的なことを考えるのだろう！

「あの……本気で、私と結婚するつもりなんですか？」

「冗談は、冗談を言う顔で言うよ」

「……」

飽《あ》くまで真面目《まじめ》な顔をしているオスカーを見つめ、アデルは小さな声を出した。

「でも、そんなの無理でしょう？　あなたと私は、身分が違いすぎます。私、ゴールに失恋が待っているのを覚悟の上で、あなたに告白しました。あなたはいずれ、貴族のお姫様と結婚するんだから、って。だから、あなたの経歴を汚しちゃいけないと思って、交際は秘密にしましょう、ってお願いしたんです」

「気を遣《つか》ってくれてありがとう、と言うべきなのかな。でも私は、君に失恋させるつもりなんかないよ」

「え、でも――」

　眉根を寄せるアデルに、オスカーが苦笑する。

「なんだか君の話を聞いていると、君は失恋したがっているように見えるけど」

「はい。だって、失恋すると人間に深みが増すって聞きますし……恋と失恋と両方を教えてもらえたらお得だな、って」

「私はそんな身も蓋《ふた》もないセット売りの恋を引き受けた覚えはないよ……」

　オスカーは呆《あき》れ顔で言ったあと、気を取り直したように続けた。

「何も人を殺さなければ殺人事件の物語を書けないわけでもないだろう。失恋は想像だけで済ませておきなさい。まあ本当は、想像させるのも厭《いや》だが――そう、そんなことは絶対現実にはならないからね」

「どうしてそんなに自信満々なんですか」

「私に君を手放す気がないからです！」

　また教師風口調のオスカーが出た。

　アデルは首を左右に傾《かし》げ、身体《からだ》をもじもじさせながら、非常に訊《き》きにくいことを恐る恐る口に出した。

「あの……もしかして――その、あなたは、私のことが好き……なんですか？」

図々しすぎる問いに、オスカーは事も無げに頷《うなず》いた。

「今さら何を――。そうでないなら、何だと思っていたんだ？」

「哀《あわ》れな孤児の少女に、親切で付き合ってくれているのかと」

オスカーはたっぷり絶句したあと、盛大にため息をついた。

「君の認識の中で、私は随分《ずいぶん》優しい男のようで嬉《うれ》しいやら悲しいやらです」

ゆっくりした動作でバルコニーの手すりに寄り掛かったオスカーは、星の瞬《またた》く空を見上げながら口を開いた。

「私はね――君は家族が欲しいんだと思っていたよ。春の創立祭の事件の時、裏山で泣いていた君を見て、君には男女の愛よりもまず家族の愛が必要なのだろうと思った。ならば自分が君の家族になってやりたいと思った。それなのに、まさか君が恋愛と結婚を別に考えるほどドライな少女だったとはね――」

傷ついたような声音で言われ、アデルは気まずい気分で俯《うつむ》いた。

――だって、まさかエルデヴァドさんがそんなことを考えてくれていたなんて、知らなかったから……！

自分は卑怯《ひきょう》だったのかもしれない。失恋を覚悟していると言いながら、出来るだけ受ける傷を小さくしようとして、初めから多くを望まないように予防線を張っていた。オスカーの方がよほど本気で、自分とのことを考えてくれていたのだ。

手すりにもたれて空を見上げたまま動かないオスカーに、アデルはおずおずと声をかけた。

「あのー……エルデヴァドさん？　こっち、向いてください」

「オ・ス・カー」

「あ、はい、オスカー……さん……あの」

「なに？」

オスカーは短く訊《たず》ね、目だけをこちらへ向ける。視線のみでアデルを射竦《いすく》めておいて、己《おのれ》の身体は一切動かさないその態度は、まるで傲岸《ごうがん》な王様のようだった。

「その……私が悪かったです。いろいろ、頭だけで考えてました。現実は計算どおりにはいかなかったです。私、自分が大貴族の奥様になれるなんて考えたこともありません。でも、実際にあなたに縁談が持ち上がったと聞いて、あなたが結婚してしまったら――と思ったら、すごく胸が苦しかったです」

あの胸の痛みは、下働きにこき使われた疲れから来るものではなかった。オスカーが好きだから、彼が自分のものにはならないのが苦しくて、心が軋《きし》んで悲鳴を上げた、その痛みだった。けれどそれを直視するのが怖くて、気づかないふりをしていた。

「……私、あなたの顔を見られなくなったら思ったより寂《さび》しいんだってわかりました。本当は、失恋なんて出来ればしたくないです」

「失恋志願の不毛さをわかってくれて嬉しいよ」

オスカーはもたれていた手すりから身を起こし、アデルの瞳《ひとみ》を見つめた。

「私は君に、恋の苦しみを教えたいわけじゃない。恋の喜びを教えたいんだよ」

「……私も、出来ればそっちを知りたいです。よろしくお願いします」

アデルがぺこりと頭を下げると、オスカーは苦笑して頭《かぶり》を振った。

「恋人同士の間で、その事務的な挨拶は禁止だよ。私はよろしくお願いされたから君とこうして逢《あ》っているわけじゃない」

「す、すみません」

オスカーは謝るアデルの腕を取り、耳元に顔を近づけてささやいた。

「出来れば、じゃなくて、絶対に、教えるよ」

その声がとろけるように甘くて、くらりと目眩《めまい》がした。

——ま、また、油断してたらチョコレート・ヴォイス攻撃……！

これを聴《き》かされると、身体と頭が言うことを聞かなくなるのだ。アデルは慌《あわ》ててオスカーから離れようとしたが、足がもつれて転びそうになるのを抱き留《と》められ、却《かえ》ってさらに密着する羽目になってしまった。

「どうしたの、疲れた？」

甘い声がまた耳に流れ込み、アデルの頭を痺《しび》れさせる。だがオスカーの表情からして、意識的に喋《しゃべ》っているわけでもなさそうだった。

――この人、自分の声が発揮する威力に気づいていないの――？

日なたの猫のようにふにゃふにゃになってしまったアデルを、オスカーが抱き上げる。

「熱はないみたいだけど……やっぱり疲れが出たんだろう。今日はもう帰ろう」

疲れじゃなくて、あなたの声のせいなんですけど――とは言えないまま、アデルはオスカーにお姫様抱っこをされてパーティ中の大広間を横断するという派手なパフォーマンスを演じることとなった。

ふらふらする頭の中で、アデルはぼんやりと考える。

――そりゃあもちろん、彼と家族になれたらいいと思うけど……。

そんなことが現実に許されるのだろうか？　彼は女王陛下《へいか》のお気に入りで、フールガリア一恵まれた立場にいる男性なのに。

今夜のオスカーのあの宣言や、今のこの有様は、これから帰京する貴族たちによって尾ひれ背びれをつけて言いふらされるだろう。

フールガリアの上流社会が、このまま黙っていない気がする――。

第三話
家族愛には
ご用心

千客万来のプロローグ

「バロットさん、面会の方がおいでですよ」

寄宿舎の事務員に呼ばれ、アデルは自習中の机からのろのろと顔を上げた。

「頑張って！　今度は本物かもしれないじゃない」

「本物が出てくればこっちのものよ、黄金の未来が待ってるわよ――！」

ジェシーとマリに励まされ、やはりのろのろとした足取りで面会室へ行く。そこで待っていたのは、これから女王陛下《へいか》の晩餐会《ばんさんかい》へでも出席するのかというような気合いの入った装《よそお》いをした、四十絡《がら》みの夫婦だった。

ふたりはアデルの顔を見るなりソファから立ち上がり、大仰《おおぎよう》な身振りで駆け寄ってきた。

「君がアデルだね……!?　私はフレッタ男爵《だんしやく》。君の父親だよ。そしてこれは私の妻――つまり君の母親だよ」

「今までごめんなさいね、いろいろ事情があったの。でもこれからは家族として一緒に暮らしましょう。もう何も心配はいらないのよ――」

目頭《めがしら》を押さえながら言ったフレッタ男爵夫人が、アデルを抱きしめようとする。

「あ、あの――」

アデルが戸惑《とまど》って頭《かぶり》を振ったところへ、

「ちょっと待った――！」

引き留《と》める事務員を引きずりながら、また別の夫婦が面会室に飛び込んできた。

「アデル、偽者《にせもの》に騙《だま》されてはいけない。私たちが本当の君の両親だよ！」

「何を言う、私たちこそ彼女の本当の両親だ！」

睨《にら》み合う二組の夫婦の間でアデルが困惑《こんわく》していると、そこへ今度はひとりの青年が割り込んできた。

「いや、僕こそが彼女の唯一《ゆいいつ》の肉親です。アデル――僕だよ、君の兄さんだよ」

さらに重ねて、

「おねえちゃん……アデルおねえちゃん……わたし、妹のリラです。おとうさんとおかあさんから、じつはおねえさんがいると聞かされて、びっくりしたけどうれしかったです」

言わされている感たっぷりの棒読み幼女が現れ、かと思うと、その後ろから杖《つえ》をついた老人がやって来る。

「孫が――孫が見つかったと聞いて来たのですがのう……！　病床《びょうしょう》のばあさんが、死ぬ前にアデルの顔を見たいと毎晩泣いているのですじゃ……」

家族を名乗る老若男女に取り囲まれたアデルは、大きくため息をついたあと、それを取り戻すように大きく息を吸い込んだ。そして大声で叫ぶ。

「すみません、私、急用を思い出したので失礼します――！」

深く頭を下げると、そのまま後ろも見ないで面会室を飛び出した。

――私の家族は一体、フールガリアに何人いるっていうのよ――！

家族だと言って現れる彼らに、少しも親しみが抱けない。泣かれても謝られても、その言葉に真実味が感じられない。ただ打算の気配だけを肌に強く感じる。

オスカーからは、ああいう手合いは相手にするなと言われている。だが、わざわざ面会に来てくれた人に対して門前払いを喰《く》わせるのは気が引けるし、もしかしたらもしかして、本当の家族が見つかるかもしれないというわずかな期待も胸に抱いて、面会室へ行ってみるのだ。しかしいつも、自称家族同士でアデルの取り合いになり、そのみっともない茶番に辟易《へきえき》して逃げ出す羽目になる。

追いかけてくる自称家族たちを躱《かわ》し躱し、アデルは寄宿舎を出た。街の中を走りながら、オスカーの顔を思い浮かべる。

どうして突然、アデルの家族がこれほど大量発生したのか――その理由は、オスカーのあの宣言にあるのだ。

――だから、絶対このままじゃ済まないって思ったのよ……！

1

彼女は、私が結婚を考えている大切な女性です――。

オスカーの仰天《ぎょうてん》宣言のあと、アデルたちがバッジ領ヴォーゴートから王都ネルガリアへと帰った時、すでにフールガリア上流社会は大騒ぎになっていた。それはアデルが心配したとおりの展開だった。

新学期が始まってルベリア女学園高等部の二年生になったアデルだが、下級生からも上級生からも、果ては大学のお姉様方からも、とにかく学年を問わず貴族の家柄《いえがら》をお持ちの方々からの風当たりが今まで以上に強くなった。

ユーディとの関係を両親に知られてしまったリンディアは依然《いぜん》として屋敷に軟禁状態で、せっかく進学した大学にも通えずにいる。アデルを庇《かば》う学園のアイドルがいないのをいいことに、貴族の令嬢たちは、アデルがオスカーをたぶらかしたのではないか、オスカーはアデルに騙《だま》されているのだと、アデル本人の前でもかまわず声高《こわだか》に噂《うわさ》をし合うのだ。

それに対してアデルや友人たちが言い返そうものなら、品がないだの礼節を知らないだの、アデルへの個人攻撃に拍車《はくしゃ》がかかる。根も葉もない噂を撒《ま》き散らす方がよほど恥知らずだと思うのだが、階級意識に凝《こ》り固まった方々の相手をしても疲れるだけなのを悟ってからは、あからさまに嫌味を言われても聞こえないふりをして笑顔を返すようになったアデルである（その態度がまた可愛《かわい》くないと、ひそひそ言われるのだが！）。

当然オスカーも、孤児と結婚するなんてとんでもないと一族から大反対されているようだった。隣国で起きた革命よりも大事件とばかりに、貴族たちはこぞってエルデヴァド家を心配し、年頃の娘を持つ家などは、どさくさ紛《まぎ》れに「孤児よりもうちの娘はいかがですか」と売り込みを始める始末だという。

そしてついに、騒ぎを見かねた女王陛下がオスカーを呼び出して命じたのだ。アデルという少女と結婚を前提に付き合いたいなら、まずはその娘の身元をはっきりさせなさい。話はそれからだ――と。

女王陛下のそんな発言があった翌日が、アデルの十七歳の誕生日（孤児院の門前で発見された日）だった。高級レストランでお祝いをしてくれたオスカーに、その話を聞かされた。なんとか君の家族を見つけてみせる、とチョコレート・ヴォイスで約束してくれた。おかげでふらふらになってしまって、これから起こる出来事など想像することも出来なかった。

誕生日翌日のことである。寄宿舎へ、見知らぬ夫婦が面会を求めて訪ねてきた。なんと自分の両親だと名乗られ、びっくりした。

唖然《あぜん》とするアデルに、夫婦は語った。事情があって子供を育てることが出来ず、孤児院の前へ置き去りにしたが、ずっと後悔していた。今は事情も変わって、余裕も出来た。ぜひ一緒に暮らしたい、と言う。確かに今はそれなりに裕福な暮らしをしているようなのは、服装などの外見から窺《うかが》える。

――ということは、私はただの口減らしで捨てられたってこと？　まあ、現実なんてそんなものかもしれないけど……でも、なんだか……。

涙ながらにアデルを抱きしめる夫婦からどうにも違和感が拭《ぬぐ》えず、その場はひとまずお引き取りいただき、急いでオスカーに手紙を書いた。しかし返事が来る前に、また新たに兄が、姉が、どんどん家族が現れたのである。

大混乱に陥《おちい》るアデルに、寄宿舎まで飛んできたオスカーが言った。それらは皆、偽者《にせもの》の家族だから相手にするなと。

女王陛下は、「アデルの家族が見つかり、素性《すじょう》がわかれば仲を認めるのも吝《やぶさ》かでない」と言った。それを聞き、アデルの家族になりすまして大儲《おおもう》けしようと考える不心得者《ふこころえもの》が四方から湧《わ》いて出たのだ。何せ、アデルの親でございます、兄弟でございます、と名乗り出て、女王陛下のお許しをもらい、アデルがオスカーと無事に結婚という運びとなれば、エルデヴァド家の縁《えん》戚《せき》として多大な恩恵を得ることが出来るのである。

「つまり、財産目当ての偽家族……」

「そうだよ。でも万が一ということもあるから、一応は身上調査をしてみるけれど――くれぐれも安易に相手を信用しないようにね」

「なんだか……ごめんなさい」

「どうして君が謝るんだい？」

「だって――私自身は財産目当てであなたに近づいたわけでもなんでもないけど、結局は、私絡《がら》みのことでエルデヴァド家の財産目当ての騒動が起きてしまって……」

家柄《いえがら》や財産目当てに人から近づかれるのを、オスカーはとても厭《いや》っていた。自分との出逢《であ》いも、突き詰めればその屈託《くったく》が元だった。それなのに、またその厭《きら》なことをオスカーに考えさせてしまっているのが申し訳なかった。

アデルはしょんぼり頭を下げたが、

「君が悪いわけじゃないよ。むしろ、煩《わずら》わしい問題に君を巻き込んでしまって、私の方こそ申し訳ない」

オスカーは首を横に振って答えてから、少し元気のない声で続けたのだ。

「でも――私と付き合っている限り、こういうことは今後も起こり得る。エルデヴァドの名前は面倒臭《くさ》いんだ。こちらこそ、厭にならないでもらえると嬉《うれ》しい……」

まるで叱《しか》られた子供みたいな顔をするオスカーに、アデルはぶんぶん首を振り返した。

「厭になんてなりません！　小説のネタになるとは思いますけど！」

「――君が強い娘《こ》でよかった」

オスカーが浅く笑いながらソファを立つのを、アデルも立ち上がって見送ろうとした。そして扉の前で隣に並んだ時、不意に身を屈《かが》めたオスカーと瞳《め》が合ったと思うと、次の瞬間、くちびるが重なっていた。

「……！」

びっくりして息を止めていた時間が、一秒だったのか一分だったのか。頭に血が昇ってしまって、わからなかった。とにかく気がついたら、両手でくちびるを押さえてその場にしゃがみ込んでいた。

「――ここ、寄宿舎の面会室ですよ……！」

「君の可愛さが所をかまわないのが悪い」

「変な責任転嫁《てんか》しないでください――！」

悪怯《わるび》れない顔で帰ってゆくオスカーの背中を睨《にら》み、うっかり赤い顔のまま部屋へ戻ったのがまたまずかった。ジェシーとマリに両脇《わき》を固められ、

「オスカー様と何があったのっ!?」

と問い詰められる羽目になった。本当のことを言うわけにもいかず、言葉を濁《にご》していると、却《かえ》ってあらぬ邪推《じゃすい》を誘ってしまい、マリのスケッチブックに見るのも恥ずかしい妄想画《もうそうが》が炸裂《さくれつ》することとなったのだった。


――ほんと、あの日は散々だったわ。

偽家族騒動の始まりを思い出しながら、アデルは顔をしかめた。後ろを振り返ってみれば、追いかけてきている人影はないようである。住宅地の狭い路地を縫《ぬ》いながら走ったので、うまく撒《ま》けたらしい。

ほっと一息ついて歩を緩《ゆる》めると、いつもの公園の近くにいることに気づいた。公園の中へ入ると、いつもの木のベンチにいつものおばあさんがいる。

「こんにちは、おばあさん！」

「ああ、アデル。こんにちは。夏休みは楽しかったかい？」

「え、と……うん……」

曖昧《あいまい》に頷《うなず》きながらアデルはおばあさんの右側に座った。

「あたしのところにはね、夏休みの間はずっと孫が来てくれていて、楽しかったよ。この夏の間だけでも、随分《ずいぶん》背が伸びたんじゃないかねえ。あの子はすらっとした美男子になるよ。あたしの目は確かだよ。そういえば、アデルの彼氏もすらっとした美男子なんだろう？　避暑地ではどんな遊びをしたんだい？　やっぱりお決まりの、高原の湖で船遊びかい？」

おばあさんの無邪気な問いに、アデルは苦笑がちに頭《かぶり》を振る。

「……いろいろあって、彼と一緒に避暑地で過ごす計画は流れちゃったの」

「おやまあ。それは残念だったね」

「正確に言えば、避暑地には行けたし、湖での船遊びもしたんだけど、彼は来られなくて……。

夏休みの終わりになって、やっと来てはくれたんだけど――ほんとに終わりの時期だったから、一緒に遊んだりとかする暇《ひま》もなく、都へ帰らなきゃならなくて……」

「でも、夏休みは毎年あるじゃないかね。今年は残念だったけど、来年を楽しみにすればいいんじゃないかい？」

「来年……」

アデルはぽつりとつぶやいて、首を傾《かし》げた。

「来年が――あるのかなあ」

「なに言ってるんだい。あたしみたいな老《お》い先短いばあさんならともかく、あんたみたいな若い子が！　あんたには、まだまだこれから楽しいことがいっぱい待ってるだろうよ」

バシッと勢いよく背中を叩《たた》かれて、アデルはごほごほと噎《む》せた。これだけ力があれば、おばあさんもまだまだ長生きしそうである。

呼吸を整えてから、アデルは小さな声で打ち明けた。

「あのね――彼とは、身分が違うの。彼、ものすごい大貴族の御曹司《おんぞうし》で。だから交際を秘密にしてたんだけど、ばれちゃって……。今は周りから絶賛大反対コールを受けて、もう大変なの。――でもね、なんだかこれって小説みたいな話でしょう。滅多《めった》に出来ない経験をしてると思うと、小説家志望としてはラッキーかなあなんて。あはは」

後半、明るい口調で言って空笑《そらわら》いするアデルに、おばあさんは存外真面目《まじめ》な表情を向けた。

「アデル——辛《つら》いんじゃないのかい？　好きな人との仲を反対されて、無理に笑うことはないよ」

優しくそう言われて、反射的に胸が詰まり、アデルは俯《うつむ》いた。

——でも、このまま本当の家族が見つからなくて、女王陛下に認めてもらえなかったら、来年の今頃は私、エルデヴァドさんとは何の関係もなくなってるかもしれないし……。

身分制度という壁に阻《はば》まれて、権力尽くでオスカーと別れさせられても、一介の孤児でしかないアデルには不服を申し立てる術《すべ》もないのだ。

身分ですべてが決まる社会は、その上層に生まれた者には良くても、下層に生まれた者にはたまったものではない。偶然生まれついた階級ですべてが決定され、その後はどう努力しても変わらないのだとしたら。それはなんと救いのない世界だろう。革命を起こして制度をひっくり返したくなる人々の気持ちもわかる気がする。

オスカーとは容姿が釣り合わないとか、学校の成績が悪いから駄目とか、心根がひねくれているから相応《ふさわ》しくないとか、そんな理由で花嫁候補から撥《は》ね除けられるならまだ納得のしようもある。自己研鑽《けんさん》を積む余地もある。

けれど、「おまえは孤児だから、大貴族の御曹司との交際など許されない」——そう言われてしまったら、努力など入り込む隙《すき》がない。イゼー女子養育院の前に捨てられた時、自分の生きるべき場所の範囲は決められてしまったのだ。その日、貴族の屋敷に足を踏み入れることなど許されない人生が始まったのだ。

ひどく悔《くや》しい。自分が何をしたのか、と思う。好きで捨てられたわけじゃない。好きで孤児になったわけでもないのに。

アデルは顔を上げておばあさんを見た。

「……もし、私が実はどこかのお姫様だとしたら、それが判明した途端、彼との交際が許されるのかな。私自身の中身は変わらないのに？　血の色だって髪の色だって変わらないのに、突然どこかの王族か貴族が私の本当の親だと言って現れたりしたら、その途端に私自身の価値が変わるのかな。――そんなの、馬鹿馬鹿しい……！」

身分なんて、才能でも技術でもない。頑張って身に付けられるものでも磨けるものでもないのに、それが世間で一番大きな顔をして横行《おうこう》する価値観だなんて。

万が一、億が一にもそんな都合のいい展開はありそうにないが、仮に一発大逆転で自分に『身分』というものが転がり込んできたとして、それでオスカーとの仲が認められても、果たして自分は喜べるのだろうか。ふざけるな、とテーブルをひっくり返したくなるだけのような気がする。

「……アデル」

頭の上にポンとおばあさんの手が載《の》った。

「辛い時は辛いと言っていいけれどね。女の子がそんなに怖い顔をしちゃいけないよ。もちろんあたしも、人間の価値は身分なんかで決まるものじゃないと思うよ。でも、そんなに思いつめるほど身分なんて大層な問題かねえ？　愛があれば、駆け落ちでもなんでもしちまえばいいじゃないか」

「駆け……!?」

大胆なことを唆《そそのか》され、アデルは瞳《め》を丸くした。苦笑しながら頭《かぶり》を振る。

「駄目よ。彼は跡取り息子だし、家を捨てることなんて出来ない。というか、私のためにそんなことをして欲しくないもの」

そう答えて、少し頭が冷えてきたのを感じた。

孤児の身の上を否定される悔しさは大きいが、オスカーに迷惑をかけたくないという気持ちも負けないくらい強く自分の中にあるのだと気がついた。

「彼にも、おばあさんみたいな存在がいるのよ。彼を孫みたいにとても可愛がってくれている人。――たとえばおばあさんの自慢の孫が、突然素性の知れない女の子を連れてきて、結婚したいなんて言い出したらどうする？　反対されて、駆け落ちしちゃったら？　おばあさんきっと、卒倒《そっとう》しちゃうでしょう。それを考えたら、おばあさんの孫だって、駆け落ちは思い止《とど》まると思うわ」

「そうだねえ……うちの孫は優しいから、あたしに心配かけるようなことはしないだろうねえ。というか、あたしはあの子が連れてきた相手だったら、どんな娘でも認めるけれどねえ」

孫バカの顔で言うおばあさんに、ふふ、とアデルは微笑《ほほえ》んだ。

「おばあさんの孫は幸せ者ね。恋人になる女の子も幸せだわ」

和《なご》んだ空気になってしばらく世間話をしたあと、アデルはおばあさんと別れて公園を出た。

そして寄宿舎へ帰る途中、思いがけない人物と再会することとなった。

「あの――アデル？」

後ろから声をかけられて振り返れば、そこに立っていたのは灰茶《アッシュ・ブラウン》の髪をした優しげな青年――マースだった。

「マースさん!?　どうしてこんなところに……!?」

ヴォーゴートの郵便局員の彼が、どうして都にいるのか？

アデルはびっくりしてマースを見つめた。

郵便配達人の制服ではなく、ただの白いシャツを着ているマースは意外に若く見えて、そういえば年齢や経歴を訊《たず》ね損《そこ》ねたままだったことを思い出したアデルである。しかし今さら、「あなたはどこの生まれで何歳ですか」などと訊ねるタイミングは逸《いっ》している。

とにかく予想外の再会にただ驚いているアデルに、マースは少し口籠《くちごも》るように何度か口をもごもごさせてから言った。

「あの……君宛《あ》ての手紙をずっと預かったままで、渡したくて」

「えっ――そのために、馬車で二日かけて王都《ネルガリア》まで来てくれたんですか⁉　それこそまとめて郵便で送ってくれればよかったのに！」

「うん、でも、バッジ家の別荘の人から、君はルベリア女学園の寄宿舎にいるらしいって聞いて――名門女子校の寄宿舎にうっかり男性からの手紙を転送したりなんかしたら、もし検閲《けんえつ》でもあったりして君が困ることになったら悪いなあと思って」

「――」

親切だ親切だと思ってはいたが、親切すぎるだろう――とアデルは感謝を通り越して呆《あき》れてしまった。

知り合って一月《ひとつき》足らずの少女のために、わざわざ寄宿舎の検閲の心配までして直接手紙を届けに来てくれる人がいるだろうか（確かに、届け出をしていない親族以外の男性からの手紙は検閲されることもあるのだが！）。しかも、建前上は配達が済んでいるはずの郵便物なのだから、職務として来たのではないだろう。郵便局の仕事は休みを取ってきたのだろうか――⁉

「……で、その手紙は？」

アデルは呆然《ぼうぜん》としながらマースの両手を見るが、何も持ってはいない。

「あ、うん、まさかこんなところで君と会えるなんて思わなくて、今は持ってないんだけど。宿にあるから、すぐに持ってくるよ」

引き返そうとするマースをアデルは引き留《と》めた。

「待って、またここまで戻ってこさせるのは悪いわ。第一、門限もあるから今日はあんまり時間がないし……宿はどこですか？　近いなら私も一緒に行って、受け取って帰ります。遠いなら、また明日にでも――」

と言いかけた時、

「アデル！」

道の向こうから、長身の影がアデルを呼んだ。オスカーだった。

「何をしているんだ？　その男は？」

大股《おおまた》に歩み寄ってきたオスカーはぴたりとアデルの横に立つと、胡乱《うろん》げにマースを見た。そのオスカーの表情が不機嫌《ふきげん》そうだったので、アデルは慌《あわ》ててマースを紹介した。

「あ、この人は――ヴォーゴートの郵便局の人で、マースさん。ほら、親切な郵便配達人に助けてもらってたって話したでしょう？　あなたが私に送ってくれた手紙、素直に郵便受けに入れたらルイザに取り上げられちゃうからって、気を遣《つか》って預かってくれてて。ごたごたしてて受け取らずじまいで帰って来ちゃったけど、わざわざそれを届けに来てくれたんです」

しかしアデルの説明を聞いて、オスカーはさらに不機嫌顔になった。

「郵便配達人は、そこまで届け先の人間のプライベートに踏み込むのか？　まとめて転送してもいいし、何だったら受け取り拒否をされたことにして差出人に送り返してもよかっただろう。それを王都《ネルガリア》まで直接再配達とは、ヴォーゴートの郵便局は随分親切なんだな」

「いえ、それは――その」

口籠るマースを庇《かば》ってアデルはオスカーに言い返す。

「マースさんは、私が寄宿舎住まいだからって気を遣ってくれたんですよ」

「その、寄宿舎住まいの女の子を、寄宿舎の外で摑《つか》まえようとうろついていたわけか」

私を摑まえるために学校の傍をうろつく癖《くせ》があるのは、あなただって同じじゃないの――と思ったアデルだが、オスカーは己《おのれ》のことは棚《たな》に上げる主義らしい。アデルを背中に隠すようにして一歩前へ出ると、マースに向かって傲然《ごうぜん》と言った。

「君の手元にある手紙は、処分してくれていい。もう必要がなくなったものだ。ご足労を掛けたが、もうこちらのことは忘れてヴォーゴートで職務に励んでくれたまえ」

「「でも――」」

アデルとマースの声が重なる。オスカーはマースを無視してアデルを振り返った。

「事情はすべて直接君に話したし、今さら読む必要もない手紙だよ」

そのままオスカーはアデルの肩を抱いて歩き出す。アデルがマースを振り返ろうとしても、首に回った手がそれを許してくれない。

「どうしてそんなに意地悪するんですか……!?　マースさんはすごく親切でいい人なのに。私、ヴォーゴートでいろいろ助けてもらってたんですよ」

無理矢理歩かされながらアデルが文句を言うと、オスカーは至って真面目な顔で答えた。

「私は、君に親切な男が全般的に嫌いだからです」

「なんですか、それ……!?」

「いわゆるひとつの、やきもちです。そう心得ておくように」

口調は教師のようなのだが、言っていることはめちゃくちゃである。

アデルが呆れていると、オスカーは口調を戻して訊ねてきた。

「それで、こんな門限も近い時間に、どうしてあんなところにいたんだ？　また偽家族に押しかけられた？」

「そうなんです――今日もまた団体さんで……」

ため息をつくアデルに、オスカーが励ますような声音《こわね》で言う。

「私の方でも、鋭意調査中だから。きっと君の本当の家族を見つけてみせるよ。そうして陛下さえ味方に付ければ、もう周りの連中には何も言わせない。君は私の花嫁になる」

「……」

得意の「よろしくお願いします！」を言う気にもなれず、アデルは曖昧《あいまい》に頷いた。

正直な話、捨てられてから十七年も経《た》って、今さら自分の家族が見つかるとは思えないのだ。

オスカーを溺愛《できあい》しているという女王陛下の存在も、こうなってみると諸刃《もろは》の剣だ。うまく味方になってもらえればいいが、逆に女王陛下から「そんな氏素性《うじ》のわからない孤児とは別れなさい」と命じられれば、さすがのオスカーも逆らうことは出来ないだろう。

こういう状況に陥ることは十分に予測出来たのに、どうしてオスカーは自分と結婚したいなど考えたのだろう。現実を見れば、不可能だとわかり切っているのに。

俯いたアデルを揺り起こすように、オスカーが肩を抱く腕を揺すった。

「大丈夫。私がなんとかするから。私をもっと信じて欲しいな」

ただ楽観的なのか、何か秘策でもあるのか――オスカーのダンディな微笑みからは、胸の内を読み取ることは出来なかった。何より、今、アデルの頭は働いていなかった。

――だから、油断してる時に耳元でチョコレート・ヴォイスを炸裂させないで～……！

オスカーに送られ、ふらふらになって寄宿舎へ帰ったアデルは、またしてもルームメイトのふたりにからかわれる羽目になったのだった。

◇――＊◆＊――◇

それは、女王陛下との約束だったのだ。

身分も財産も関係なく自分を見てくれる相手を見つけることが出来たなら、それがどんなに貧しい身の上の娘であっても結婚の協力をしてくれる――と。

だからためらいもなくアデルを選んだ。

元より、フールガリア一の名門であるエルデヴァド家は、嫁資《かし》を目当てに結婚をする必要などない家だ。女王陛下さえ味方に付けてしまえば、何も持たない十六歳の少女が相手でも（今は十七になったが！）、話は進められると思った。

しかし、いざアデルとのことを女王に話してみると、家柄がないのはともかく、孤児だというのはいささか具合が悪いと苦笑されてしまった。差別や偏見《へんけん》で言うのではなく、アデル自身が、そのような素性のままエルデヴァド夫人になれば、ゆくゆく辛い思いをすることになるだろう——と。

「とにかく、その娘の家系をはっきりさせなさい。彼女の親の名前がわかったならば、私が責任を持っておまえと結婚させてやりましょう」

女王陛下の命《めい》に従い、オスカーはアデルの身元調査に没頭していた。

しかし、手掛かりと言えるようなものは、捨てられた時に首に掛けられていたというお守りだけ。そのお守りも、先だってたまたま手に取って見る機会に恵まれたが、手作りの粗末なものだった。意匠《いしょう》も、いびつな渦巻《うずま》き模様が彫られているだけで、家紋や文字のようなものはなかった。これではどう調べていいやら、ジョセフに調査を命じながらも自分で無茶を言っているのは重々承知だった。

エルデヴァド家の両親はといえば、結婚は然《しか》るべき身分の娘として、アデルは愛人にすればいいとばっさりだ。別れろとは言わないのが、却《かえ》って性質《たち》が悪い。変に理解がありすぎて、話し合いにすらならないのだ。

アデルが孤児だと世間に知られていなければ、適当な貴族の養女にするという手もあった。だがもう遅い。今さら彼女にどんな家名を付け足そうと、彼女が実は孤児だということを皆が知っているのだから意味がない。

それに何より、養女の話はアデルを傷つける。孤児のままでは自分と付き合えないから、世間が許さないから、どこかの養女になってくれなどと、どうして言えるだろう。

自分が財産や身分を問題にしない恋人を望むように、アデルもまた、孤児であることをかまわない相手を求めているのだと思う。孤児でも好きだと言ってくれる男を、アデルは愛するだろう。

——俺は、アデルが天涯孤独の孤児《みなしご》であっても何らかまわないんだ。

そんなことでアデルの価値は損《そこ》なわれない。むしろ、孤児として育ったからこそ、あの得難《えがた》い個性が育まれたのだ。

しかし周囲がそれをどうしても認めない、許さないというなら、最後の手段に出るのも辞《じ》さないが……。

もう少し、もう少し粘ってアデルの肉親を捜してみるとしよう——。

気分転換に街へ出たオスカーは、いつものバーにユーディを呼び出した。

「で——リンディアとは、どうなんだ？」

「相変わらずバッジ侯爵《こうしゃく》の鉄壁のガードで、会うことはおろか手紙のやりとりも出来ないよ」

オスカーの問いに答えたユーディは、肩を竦《すく》めて酒を舐《な》める。

「アデルから聞いたが、リンディアは学校にも通わせてもらえていないらしいな」

オスカーとの縁談が噂に終わり、ザグレラ貴族からリンディアへの求婚攻勢は再燃したようだが、突然登場した娘の恋人（平民）の存在がバッジ侯爵には青天《せいてん》の霹靂《へきれき》で、そちらのショックが強すぎて、ザグレラ貴族など意識の外になってしまっているらしい。ハエでも追い払うように素気なく門前払いしていると話に聞いている。

「――なあ、ユーディ。俺はレイン出版への融資額《ゆうしがく》をもっと増やしてもいいと考えている」

「オスカー」

ユーディが目を上げてオスカーを見た。

「二桁増《ふたけたぞう》でも三桁増でも――どれくらい必要だ？」

「……」

「当座必要な額を言え。遠慮はおまえらしくないぞ」

オスカーはユーディの肩を肘《ひじ》で突《つつ》く。

奇《く》しくも友人同士、同じ身分違いの恋を抱《かか》える者同士になってしまったが、自分とユーディとでは事情が違う。身も蓋《ふた》もない言い方をすれば、ユーディの恋は金で解決出来るのだ。

そう、ユーディに事業の元手となる金を融通《ゆうずう》してやり、うまく会社を大きくして青年実業家の体裁《ていさい》を整えることが出来れば、ユーディはリンディアに求婚する資格の最下級クラスくらいには滑り込めるだろう。あとは立ち回り次第だ。何せ今は五十年前のフールガリアとは違う。平民でも事業で成功すれば、貴族と同じ店で食事が出来る時代になったのだ。策謀家《さくぼうか》のユーディならうまくやれるはずだ。

――だが、俺とアデルの場合は違う。

自分にいくら金があっても、簡単に問題解決とはいかない。アデルに金を与えて着飾らせればそれで済むという話ではないのだ。むしろ、自分に身分と財産があるばかりに揉《も》めているのである。

そう考えると、アデルがいつまで『身分違いの恋』に耐えられるかが心配になる。今はまだ、小説のネタになるなどと笑って言っているが、上流社会の心無い仕打ちに辟易《へきえき》したアデルが自分を諦《あきら》め、面倒なしがらみのない相手を選んでも、自分は彼女を責められない。無理に自分に縛《しば》り付けることも出来ない。自分の立場が彼女を傷つけるのだから。

……だから、両親の言うこともわかるのだ。身分のない娘を無理に引き上げようとすれば、方々に軋轢《あつれき》が起きる。黙って愛人にしておけば、波風も立たず、よほど幸せに暮らせるだろう。

だが――。

――青いと言わば言え。俺は、愛する女性を日陰に置くことなんて出来ない！

そして、だからこそ、マースのような男をアデルの周囲にうろつかせておきたくはないのだ。

田舎《いなか》の郵便配達人なんて、自分と比べれば障害《ハードル》が低すぎて、いつでも乗り換えられる相手だ。アデルに、自分以外の男を恋人にする将来を想像させたくなどない。

第一、自分はアデルに「絶対に失恋などさせない」と約束したのだ。恋人との約束を破る男にはなりたくない――！

オスカーがグラスを持っていない方の手で拳《こぶし》を作った時、しばらく黙り込んでいたユーディが口を開いた。

「……ありがとう、オスカー」

その声で我に返り、オスカーは気まずい思いで顔を上げた。ユーディのことを話しに来たはずが、つい自分のことで物思いに耽《ふけ》ってしまった――。

「あ、ああ……それで、いくら必要だ？」

上着のポケットから小切手を出そうとするオスカーを、ユーディが止めた。

「ううん、いいんだ。もう少し、自力で粘ってみるよ」

「ユーディ」

「でも、それでもどうしても駄目だったら、遠慮なく君に大株主になってもらうよ」

そう言って笑うユーディに、もどかしさ半分、ほっと安心する気持ちも湧き上がるオスカーだった。自分で申し出ておいて何だが、甘い援助の手にさもしく縋《すが》りつかない友人が、誇らしく感じられたのだった。

◆2

オスカーとの問題でいろいろと騒がしいアデルの毎日だったが、それは悪いことばかりが起きる毎日とも違っていた。

あれこれと思うところが多い日々は、創作意欲を刺激する。学校で嫌味を言われれば気分が悪いし、打算で押しかけてくる自称家族も煩《わずら》わしいし、オスカーとの将来を絶望的に考えてしまうこともあるが、辛《つら》いことが起きた時に空想の世界へ逃げる習性には年季《ねんき》が入っている。自分のことで悩んでいたはずが、いつの間にか物語の設定を練っていたりして、アイデアがどんどん出てくるのである。

初めは落ち込んでいても、小説のネタが膨《ふく》らんでくると楽しくなる。とにかくたくさん書いて、うまくなって、ユーディに見てもらって、本にしてもらうのだ。不幸を不幸のままで終わらせるのは悔《くや》しいから。公園のおばあさんにも話したが、人が出来ないような珍しい経験は全部ラッキーだと思うことにするのだ！

——そうよ、人生において、こんなに大勢の家族が現れる人なんている？　私は不幸な孤児だけど、見方を変えれば、世界一大家族の娘だわ！

そう考えるとなんだか愉快《ゆかい》になってきて、自称家族たちが自分を捨てた、生き別れになった理由をどんな風に説明するのか、統計を取ってみたりした。

圧倒的一位は『経済的な理由で育てられなかった』（親、祖父母を名乗ってきた場合）、『家庭内の事情で、離れ離れにされてしまった』（兄弟を名乗ってきた場合）で、ほとんどがこれだった。正直、意外性が何もない、つまらない理由だった。

「もうちょっと面白いことを言ってくれれば、話を聞く気にもなるんだけどな——。神隠しに遭《あ》ったとか、妖精に攫《さら》われたとか」

学校帰り、街を歩きながらため息をつくアデルに、ジェシーとマリが笑う。

「リアリティを取るか、ウケを狙《ねら》うか、ってところね」

「財産目当ての悪党どもではあるけれど、ある意味真面目《まじめ》な連中ばっかりだってことね。アデルの心を摑《つか》むには、発想の飛躍が必要だって知らないのね」

「別に、私の心を摑んだって、エルデヴァドさんが調べて偽者《にせもの》だって判明すればそれまでよ」

面会人たちの証言から統計を取るのは、単に趣味だけでやっているのではない。一応は名前や住まいや事情を聞いて、それをオスカーに報告し、彼が事実関係を調査するのである。今のところ、アデルの本当の家族であるという確たる証拠を持つ者は出てきていない。

「ま、今はそんなことより、早く行きましょ。売り切れちゃうわ」

アデルは頭《かぶり》を振って歩みを速める。

学園の生徒がよく行く雑貨屋で、新作のレターセットが売り出されたのだ。会って話せばいいようなことでも、新柄《しんがら》の便箋《びんせん》で手紙のやりとりをするのが、女学生たちの楽しみなのである。

そして——雑貨屋で買い物をしたあと、寄宿舎へと帰る道。

「あの——アデル」

街の通りで声をかけてきたのはマースだった。アデルは驚いて足を止めた。

「えっ……マースさん？　まだ都にいたんですか……!?」

公園の傍《そば》でオスカーに追い払われてから数日が経《た》っており、もうヴォーゴートへ帰ったとばかり思っていたのだ。

「うん……やっぱり僕には人の手紙を処分なんて出来ないし、君に渡した方がいいと思って。——はい、これ」

マースから大きめの茶封筒を差し出され、アデルは素直にそれを受け取った。

「本当にわざわざありがとうございます。この間は、エルデヴァドさんが失礼な態度を取ってごめんなさい。ヴォーゴートまで気をつけて帰ってくださいね」

ぺこりと頭を下げ、友人たちとその場を去ろうとしたアデルだったが、

「それで、あの——」

マースはまだ何か用があるようで、アデルを引き留《と》める。

「なんですか？」

しかしアデルが振り返って訊《たず》ねても、口籠《くちごも》ってばかりで用件が出てこない。

――マースさん、どうしたのかしら？

ヴォーゴートで会った時は、こんなに歯切れの悪い喋《しゃべ》り方をする人ではなかったはずだ。何かあったのだろうか？

首を傾《かし》げるアデルの両腕を、左右からジェシーとマリが引っ張った。

「誰よ、この人？」

「他の男の人と親しくしていると、オスカー様にやきもち焼かれるわよ」

そう言ってふたりはアデルを引っ張って駆け出す。引きずられるように走りながら、アデルは説明する。

「あの人は、別に変な人じゃなくて、ヴォーゴートで知り合った郵便屋さんで――」

「なんでそんなところの郵便屋さんが王都《ネルガリア》にいるのよ。十分、変な人じゃないの！」

「私たちは、アデルとオスカー様の仲を邪魔するような輩《やから》は許さないのよ――！」

ジェシーとマリは振り返ってマースを睨む。ふたりは、自分たちを成金と言って馬鹿にする貴族令嬢たちを見返すためにアデルとオスカーをくっつけようとしている。打算と言うなら彼女たちにも打算はあるが、ふたりが本気で身分違いの恋を応援・心配してくれているのもわかるので、腕を振り払えないアデルだった。

寄宿舎へ戻ってから、受け取ったオスカーからの手紙を消印順《けしいんじゅん》に読んでみた。

そこで説明されていたのは、確かにヴォーゴートへ飛んできたオスカー本人から聞かされたとおりの事情だった。リンディアとの結婚はあり得ないから心配しないで欲しい、としつこいほど念を押されていた。そしてマースとナスへの警戒心と対抗心に満ちていた。今になって読んだからかもしれないが、思わず笑ってしまう。

――うん、なんとなく、もう読まなくていい、ってエルデヴァドさんが言う気持ちもわかるわ……。

ちょっと大人げなくて、恥ずかしい手紙ではある。だがやはり、読めてよかったと思う。オスカーが本気で自分のことを想《おも》ってくれているのが感じられて、嬉《うれ》しかった。改めて、マースに感謝しなければと思った。

その後も、街を歩いているとマースに声をかけられることが続いた。しかしその度《たび》に、オスカーや友人たちに話を遮《さえぎ》られ、マースも気後《きおく》れしたように逃げてしまうので、手紙を届けてくれたことへの改めての礼も、彼の用件を知ることも出来ないまま、日々が過ぎていった。

そんなある日のことである――。

ルベリア女学園の内庭は、高等部と大学の校舎、そして寄宿舎、敷地内の建物すべてと繋《つな》がっている。様々な学年の生徒が憩《いこ》う場所なのだが、そこで取り巻きたちに囲まれているリンディアの姿を見かけ、アデルはびっくりした。

「おうちから出してもらえたんですか――!?　レイ……」

レインさんとのことはどうなったんですか――と訊ねかけて、アデルは慌《あわ》てて口を押さえる。

対外的にリンディアは、体調を崩して療養中ということになっていたのだ。

リンディアはくちびるにそっと人差し指を当て、天使の微笑《ほほえ》みを浮かべながら「あとでゆっくり話しましょう」と言った。

放課後を待ってリンディアと学園を出ると、ちょうどオスカーがやって来た。ユーディのことで話があるというので、三人で学校から少し離れた場所にある例の喫茶店へ行くことにした。

だが、その途中、またマースが現れた。

「あの、アデル——ちょっと時間をもらえたりは……」

アデルが返事をする前に、オスカーがつっけんどんに答える。

「しつこい男だな。アデルはおまえと話すことなどない。さっさとヴォーゴートへ帰ったらどうなんだ。それとも仕事を休みすぎて郵便局はクビになったのか」

態度の悪いオスカーを横目で睨《にら》み、アデルはマースに謝る。

「ご、ごめんなさい、今日は本当に先約があって——！」

御曹司然《おんぞうしぜん》としたオスカーと美貌《びぼう》の侯爵令嬢《こうしやく》リンディアが並ぶと、それだけで場を圧倒するオーラが生まれる。マースは今日も何も言えず、すごすごと引き下がっていった。

——ああっ、どうしていつも間《ま》が悪いのかしら、あの人……！

話をしたいのは山々なんだけど、いつも私が忙しい時か、誰かが一緒にいる時に声をかけてくるから、こうなっちゃうのよ——。

マースのしょんぼりした後ろ姿を振り返りつつ、それをオスカーに不満そうに見られつつ、アデルはとにかくリンディアの話を聞くのが最優先事項と頭を切り替え、歩を進めた。

そうして喫茶店の奥の席に陣取り、リンディアが語った話に、アデルは絶句した。

「えっ――」

思わず立ち上がってしまってから、座り直して訊《き》き返す。

「レインさんが行方《ゆくえ》不明――って、本当ですか」

リンディアは「そうなの……」と頷《うなず》く。

「どうやら父が、ユーディの仕事にいろいろ圧力をかけていたみたいなのだけれど、そろそろ音《ね》を上げる頃かと様子を見に人を遣《や》ったら、出版社は蛻《もぬけ》の殻《から》だったんですって」

「そんな……」

アイデアがどんどん湧《わ》いてくるとはいっても、まだ見せられるような原稿を仕上げられていなかったので、ここしばらくユーディと連絡を取ることもなく、レイン出版がそんなことになっていたとは知らなかった。

「父から、『あの男は身分違いの恋を諦《あきら》めて都から出て行ったのだろう』と言われたわ」

「それで……やっと軟禁を解いてもらえたというわけですか」

「数日様子を見て、わたくしに対してユーディから何のアクションもないのを確認してから――ね。駆け落ちの約束でもしていたら大変だと思ったのでしょう。わたくしも、この状態を脱するチャンスは今しかないと思って、両親に、ユーディのことはもう諦めたと言ったわ。いなくなってしまったのなら仕方がない、わたくしのことなんて本気ではなかったんだわ——とさめざめ泣いて見せて」

「本気……じゃない、んですよね？」

「もちろん、演技よ」

リンディアは悪戯《いたずら》っぽくウインクした。

「それでようやく学校へ通わせてもらえることにはなったものの、でもまだ両親の警戒心は解けていなくて、寄宿舎にはわたくし宛《あ》ての手紙を厳しく検閲《けんえつ》するよう申し入れてあると釘《くぎ》を刺されたわ。今日、こうしてあなたと放課後の寄り道をすることも、ちゃんと学校と寄宿舎の両方に届けてから出てきたのよ。今この時も、どこかその辺の物陰に監視の者がいても驚かないつもり」

「えぇっ」

アデルは思わず周囲をきょろきょろ見回した。そしてそれまで黙って話を聞いていたオスカーが、「そういうことか」と肩を竦《すく》めた。

「校門の傍で、こそこそしている怪《あや》しい男なら見かけたよ。私が君たちに声をかけて一緒に歩き出したあともしばらく尾行《つけ》ていたけれど、いつまでも付いてこられるのも鬱陶《うっとう》しいから一睨みしてやったら、逃げていった」

「なんだ……今日はまた一段と偉《えら》そうに睨みを利《き》かせながら歩いてるなあと思ったら、そういうわけだったんですか……」

アデルが得心《とくしん》のつぶやきを漏《も》らすと、オスカーが心外そうに言う。

「偉そうはないだろう。私はいつも謙虚《けんきょ》に生きているつもりだよ」

どこがですか——と反論したかったアデルだが、それを言うと話が脱線するのが目に見えていたのでやめておいた。リンディアの方を向いて話題を戻す。

「あの、じゃあ……リンディア様も、レインさんがどうして姿を消したのか、どこへ行ったのかはわからない……んですか？」

「ええ。彼とは夏休み以降、会ってもいなければ手紙のやりとりも出来ずにいるし……」

リンディアはそう答えてから、アデルの隣に座るオスカーを見た。

「でも、オスカー様は最近もユーディとお会いになっていらっしゃいますね？」

やっとオスカーの用件を聞く順番が来た。アデルとリンディアに見つめられながらオスカーは口を開いた。

「ああ、ユーディとはちょくちょく会っていた。だから夏休みにリンディアとの結婚の噂《うわさ》が広まった時も、あいつがヴォーゴートから戻り次第、きちんと経緯《いきさつ》は説明した。まあ、あいつも事情に見当は付いていたようだったけれどね。先々週だったかな——一緒に酒を呑《の》んだ時も、別段様子に変わったところはなかったんだが——」

オスカーはひとつ息をついてから続ける。

「それが今日、いつものように出版社を訪ねたら、閉まっていてね。上階にあるユーディ個人の部屋も空《から》っぽだった。大家に話を聞けば、数日前に引き払ったと言うじゃないか。引っ越しの事情や行き先は何も説明しなかったらしい。さてこれは、アデルは何か聞いているのかな――と学園の方へ寄ってみたわけだけど」

「何も聞いてません！　レインさんがいなくなったなんて、今日初めて知りました」

首を振りながら答えるアデルに、オスカーは首を捻《ひね》る。

「そうか……。そしてリンディアにも連絡していないということは、本当にあいつ、誰にも何も言わずに姿を消した――というわけか」

「何かあったんでしょうか？　まさか本当にリンディア様のことを諦めて、すべてを捨てて傷心旅行に出かけちゃったとかじゃないですよね……!?」

「それはないと思う」

オスカーは即答した。

「前回会った時、私はレイン出版への大幅な増資を提案したんだ。会社を大きくすれば、バッジ家へ挨拶《あいさつ》に行く体裁《ていさい》も整えられるからね。だがあいつは、もう少し自力で頑張ってみると言った。何かを諦めているような顔じゃなかった。そもそもあいつは、誰かに負けたまま尻尾《しっぽ》を巻いて逃げ出すような可愛《かわい》げのある奴《やつ》じゃない。優しげに見えて、負けん気の強さは筋金入りだ。大学時代も、貴族や資産家の息子たちにからかわれたり嫌がらせをされたりしていたが、実に周到に倍返しでやり返していたからな」

続く言葉は、リンディアに向けられていた。

「――だから、きっとあいつは戻ってくる。あいつは逃げたんじゃなくて、何かを摑《つか》みに行ったんだ」

「ええ」

リンディアはごく自然に頷いた。

「わたくしもそう思います。彼を信じて待つつもりでいますわ」

「じゃ、じゃあ、私も信じて待ちます……！　レインさんには原稿を見てもらう約束になってますし、私はレイン出版からデビュー作を出してもらうって決めてるんです！」

「なるほど、アデルの事情もなかなか切実だ。あいつはいろいろ背負ってるなあ」

オスカーが茶化すように言った。リンディアもうふふと微笑《わら》う。

ふたりほどにはユーディの人となりを理解しきれていないアデルには、なんだか羨《うらや》ましくなってしまうような信頼だと思った。何も言わずに姿を消しても、こんな風に帰りを待ってもらえるなんてすごい。

――レインさんは幸せ者だよ。早く帰ってきて、ふたりを安心させてあげて。そして私の原稿の面倒も見てね――……！

怒っていないわけじゃないけどな——と心中でつぶやきながら帰宅したオスカーである。寄宿舎まで送ってゆく途中、アデルから「おふたりのレインさんへの信頼に感動しました！」とキラキラした瞳《ひとみ》で言われてしまったので、実は水臭《みずくさ》さに腹を立てている部分もあるのだとは言えなかっただけだ。

◇——＊◆＊——◇

——帰ってきたら、一発は覚悟してもらうぞ（リンディアからも喰らうだろうがな！）。

エルデヴァド邸の誰もいない私室で拳《こぶし》を握ってから、これを振るってやりたい相手がもうひとりいるのだと思い出した。

あいつ——マースとかいう郵便屋。今日もアデルの前に姿を見せた。もう一月《ひとつき》近くも王都《ネルガリア》に居続けているのではないか？　それほどの長い休みを取って、一体アデルに何の用があるというのか。

彼が預かっていた手紙は受け取ってしまったのだとアデルから聞いている（隠しておくことも出来ただろうが、正直に言ってくれた。その素直さが嬉しいので、言い訳まみれの手紙を読まれたばつの悪さは忘れることにする！）。ならばもう、用は済んだのではないのか。

マースがもっと個人的且《か》つ感情的な用件でアデルの周りをうろついているのであれば、拳で勝負を付けるのも吝《やぶさ》かでない。正直なところ、オスカー・エルデヴァドにとって恋のライバルは身分が低ければ低いほど強敵となるのである（乗り換《か》えが楽だという意味で！）。

　もちろんアデルを信じていないわけではないが、これはもう純粋に気分の問題である。恋人の周りに思わせぶりな態度の男がうろつき回るのを平気で見ていられる者はいないだろう。

　決して自分が狭量《きようりよう》なわけではない——と己《おのれ》に言い訳しながら拳を見つめているところに、ジヨセフがやって来た。

「坊ちゃま。お喜びください。吉報《きつぽう》でございます」

「吉報——？」

◆3

　その日、アデルはまた本当の両親を名乗る人物の訪問を受けた。

　しかしこれまでと事情が異なるのは、それを連れてきたのがオスカーだということである。

「こちらは、カレル男爵《だんしやく》夫妻。カールドの辺境に領地を持っているとのことで、特産物はイモとナスだそうだ」

「ナス……!?」

　思わずそこに反応してしまってから、慌《あわ》てて居住まいを正し、カールドから来たという夫妻の顔を見つめる。カールドはフールガリアの北に隣する国で、確かオスカーの母親はカールドの王室から嫁《とつ》いできたのだと聞いている。その関係で、オスカーがふたりを連れてきたのだろうか?

　カレル夫妻は共に見事な赤毛をしており、アデルの視線を受けて優しげな笑みを返してくれた。フールガリアの言葉は話せるようだが、事情説明はオスカーに任《まか》せているらしく、我勝《われが》ちに子供を捨てなければならなかった不幸を話して気を引こうとしてくる他の自称家族とは明確に雰囲気《ふんいき》が異なっていた。

　アデルがふたりに何とはなしの好感を抱いたところに、オスカーが事情説明を始めた。

　このカレル夫妻は、自《みずか》らフールガリアに押しかけてきたのではなく、エルデヴァド家の執事《しつじ》が捜し出したのだという。夫妻にはふたりの子供がおり、下の娘が生まれた時、七つ齢《とし》の離れた兄が妹のために庭の木から枝を折ってお守りを彫った。子供の手作りなので凝《こ》った細工ではないが、兄の愛が籠《こも》っている。夫妻は微笑《ほほえ》ましく思い、紐《ひも》を通して赤ん坊の首に掛けてあげた。

　しかしそれからすぐのこと、乳母《うば》のばあやが少し目を離した隙《すき》に、赤ん坊は何者かに攫《さら》われ、それきり行方《ゆくえ》不明になっているのだった——。

「木彫りのお守り……!?」

　アデルは制服の胸ポケットを押さえた。これまで、アデルが持つお守りのことを知っている自称家族はいなかった。

「これ……のことでしょうか？」

ポケットからお守りを出して見せると、夫妻は瞳《め》を瞠《みは》り、そして次の瞬間にはその瞳《ひとみ》から涙を溢《あふ》れさせた。

「そう――それです。ああ……懐《なつ》かしい……。この形、この大きさ……」

「これを彫ったというお兄さんは……？」

「数年前、病気で亡くなりました。子供をふたり失い、私たち夫婦はずっと悲しみの日々を過ごしていました。そこへ、エルデヴァド家の方《かた》から、行方不明になっていた娘が見つかったという報《しら》せをいただき、半信半疑でこうしてやって来たのですが――」

カレル男爵の焦茶色《こげちゃ》の瞳が、優しくアデルを見つめる。夫人はハンカチを目に当てて嗚咽《おえつ》している。

「突然のことで、さぞ驚いたと思います。今日はひとまずご挨拶《あいさつ》に来ただけで、また改めてゆっくり話をさせていただけましたら」

そう言ってカレル夫妻は帰っていった。別れ際《ぎわ》、温かい手に握手を求められただけで、それ以上の過剰《かじょう》なスキンシップを見せなかったところも新鮮だった。今まで現れた自称家族たちは、とにかくオーバーにアデルを抱きしめ、再会の感激を表してみせる人たちばかりだったのだ。

アデルは呆然《ぼうぜん》と夫妻を見送り、面会室に残ったオスカーをぼんやりと見上げた。

「あの人たちは――本当に私の両親なんでしょうか……？」

「ジョセフが調べたところでは、かなり信憑性《しんぴょうせい》は高いようだ」

オスカーはソファに腰を下ろすと、エルデヴァド家の執事ジョセフが調べ上げた情報を詳しく教えてくれた。カレル夫妻の人となりや周囲からの評判は至って良好で、ポーシャという名の娘が赤ん坊の頃に攫われたきり行方不明だとの話も真実だという。

「ポーシャ……」

今まで現れた自称家族たちが呼んでくれた様々な『本当の名前』に比べると、少し不思議な響きに感じる名を、つぶやいてみる。

「私の本当の名前は、ポーシャかもしれないんでしょうか……」

アデルの問いに、オスカーは慎重に口を開いた。

「──わからない。カレル夫妻を見つけ出してきたジョセフは自信満々だし、実際に私が会って話をしてみても、悪い人間ではないと感じる。だから君にも一度会わせてみてもいいと思ったんだけれど──君はどう感じた？」

「……今まで現れた自称家族の人たちとは違う、と思いました。態度にあんまり過剰なところがなくて控えめなところも、却《かえ》って真実味があるな……と」

何より、夫妻がお守りの存在を知っているというのが、アデルにとっては大きなポイントだった。ふたりを信じてみたい気分にさせられる。

「そう──。肉親の直感というものが君にそう思わせたのだったら、当たりかもしれないね。

でも念には念を入れて、もう少し調べてみるようジョセフには命じてある。夫妻がまた面会に来ても、まだ確定ではないということだけは頭に置いておいて欲しい」

アデルは頷《うなず》いた。

「わかりました。またあの夫妻と話をしてみて、何か感じたことがあったらエルデヴァドさんに言いますね」

「オ・ス・カー」

ふたりきりの時はそう呼ぶ約束だろう、という顔でオスカーがこちらを見る。

「わかりました。オスカーさんには全部報告しますから！」

言い直すと、オスカーはころりと笑顔になり、アデルの額《ひたい》にキスをして帰っていった。


それから数日後、カレル夫妻がまた寄宿舎を訪ねてきた。

ふたりは、素朴《そぼく》な雰囲気《ふんいき》の優しい夫婦だった。貴族といっても田舎《いなか》に小さな領地を持っているだけで、農繁期《のうはんき》には小作人たちと一緒に畑仕事をすることもあるのだという。言われてみれば確かに、ふたりはそういう手をしていた。土に触ったことも水仕事をしたこともないような手ではなかった。

彼らの住む土地には、赤毛が多いのだという。むしろ他の色の髪の方が珍しがられるくらいなのだと。それを聞いた時は、目の前が薔薇《ばら》色になったアデルである。赤毛が馬鹿にされない土地なんて、そんな楽園がこの世にあったのか。ぜひそこへ行ってみたい！

学校が休みの日に、彼らが泊まっているホテルに遊びに行ったりもした。カールドの家庭料理を作って出迎えてくれていて、それがまた素晴らしく美味《おい》しかった。イモなどの根菜類《こんさい》と豚肉がメインの料理は、王都に住む貴族たちには「田舎料理！」の一言で片づけられてしまうかもしれないが、アデルにとっては温かみを感じる嬉《うれ》しい「おふくろの味！」だった。

カールドの家庭料理がこんなに口に合うのは、本当は自分がカールド人だからなのだろうか？　そう思うと、胃袋だけではなく胸まで温かくなった。

──私、本当にこのふたりの子供だったらいいな。

日増しにその思いは強くなっていったが、不安もあった。

本当に自分が彼らの娘だったとして、その場合、オスカーとのことはどうなるのだろう？　エルデヴァド家はフールガリア一の名門だ。どうせ身元が判明するなら、外国の田舎貴族の娘ではなくて、外国の王族の落とし胤《だね》だったというレベルの話でなければ、女王陛下《へいか》に認められないのでは──？

そんなことを考えてしまってから、慌《あわ》てて自分を叱《しか》る。本当の家族が見つかったなら、それだけで何よりの幸せじゃないか。そこに名門の家柄《いえがら》まで求めるのは図々しいというものだ。むしろ田舎貴族でも貴族だっただけ贅沢《ぜいたく》すぎる話じゃないか──。

アデルがカレル夫妻へ抱く好感を事あるごとに語るのを、オスカーは優しい顔で聞いてくれた。それが嬉しいので、ふたりとどんな風に過ごしたのかを逐一《ちくいち》報告してしまう。

「でも、あの……私が本当にカレル家の娘だったとして、女王様は私を認めてくださるでしょうか？　その……もっと大貴族の娘でないと駄目、とか――」

アデルの不安に対し、オスカーはあっさりと首を横に振った。

「家格について、陛下は何も注文を出していない。とにかく君の親族が見つかって家系が明らかになれば、うまく取り計らってくれるという約束だから」

「はあ……そうなんですか」

女王陛下と直接何かを約束出来る、という立場もすごいと思ってしまうアデルである。

「それにしても――そこまで君が懐《なつ》くなんて、やはりカレル夫妻は本当に君の両親なのかな……。ジョセフに命じた追跡調査でも、これといった不審点も上がってこないしね。女王陛下に提出する君の身上書を、本格的に作り始めようかな」

慎重に様子を見ていたオスカーがそう言ってくれたので、アデルは喜んで頭を下げた。

「よろしくお願いします！」

「その挨拶はやめるように言ったはずだよ。嬉しい時や私に対して感謝を表したい時は、黙ってこうすればいいんだ」

オスカーはアデルの両腕を広げさせ、その腕を引っ張って自分に抱きつかせた。

「ついでに、ほっぺたにキスのひとつもあったら、さらに嬉しい」

「う、嬉しい、って――それ、単にエルデヴァドさんの希望じゃないですか」

「オ・ス・カー」

「私はオスカーさんによろしくお願いしたいだけで、いちゃつきたいわけじゃないんです！」

「私はいつだって君といちゃつきたいよ」

「でもここ、寄宿舎の面会室ですからっ」

「君が大声を出さなければ、中で何をしていても気づかれないよ」

「なっ、何をするつもりなんですか……!?」

オスカーに抱きつかされたまま、抱きしめられてしまっているので、身動きが出来ない。アデルが思わずうろたえると、オスカーがアデルの顔を覗《のぞ》き込んで笑った。

「そんな怯《おび》えた顔をされたら、何も出来ないね」

◇――＊◆＊――◇

オスカーに何かをよろしくお願いする時は、態度に気をつけなければ――。

アデルがそんな緊張感を抱き始めたある日、寄宿舎に思いがけない人からの手紙が届いた。

「えっ――レインさん……!?」

目を疑ったが、封筒の裏に書かれた差出人の名は、確かに『ユーディ・レイン』だった。

ここは女子校の寄宿舎なので、事務室は生徒宛《あ》てに届く親族以外の男性からの手紙には神経を尖《とが》らせる傾向がある。だから以前、持ち込みをした原稿が添削《てんさく》されて送り返されてきた時、分厚い封筒を前に「これはどういう関係の人か」と事務室で尋問《じんもん》されたことがある。

その際、中身が小説の原稿であることを開けて見せ、自分は作家志望であること、これはお世話になっている出版社の社長だと正直に答え、現在ユーディの名はセーフリストに入れてもらっている。そして幸いなことに、バッジ侯爵もユーディの個人名を出して事務室にリンディア宛ての手紙の検閲を頼んだわけではないらしい（外聞を憚《はばか》ったのだろうが）。だから今回の手紙もスムーズにアデルの手に渡ったのだが、一言だけ、事務員に確認されてしまった。

「都から出されたものではないようですね？」

そう、差出人の名前にはとても見覚えがあっても、切手の上に押された消印には、アデルがまったく知らない土地の名前があった。

「旅行先から手紙をくれたみたいです！」

咄嗟《とっさ》にそう答え、急いで手紙を読んでみたが、便箋《びんせん》一枚に簡潔に書かれた内容は、アデルの知りたいことに答えてくれるものではなかった。

期待の作家の卵　アデルへ

突然、会社を閉めてしまって驚いただろうね。けれど僕は君の担当編集者の座を降りたつもりはないので、何か原稿を書いたら下記の住所へ送ってください。喜んで読みます。

ちなみにこの場所に僕は住んでいません。ここへ何か届いたら、僕のもとへ転送してもらえるようになっています。

僕から手紙が届いたことは、リンディアとオスカーには内緒だよ。僕とリンディアの幸せを願ってくれるなら、この手紙のことも先に書いた住所も、あのふたりには秘密にしておいて。

それでは、ご健筆《けんぴつ》を祈っています。

君の担当編集者　ユーディ・レイン

「これって、原稿の催促《さいそく》……？　こんな時に……？」

どうして姿を消したのか、今どこで何をやっているのか、彼自身のことはまったく説明がない。封筒の裏には差出人住所もなく、ただ名前だけが書かれている。地図を広げて消印の場所を調べてみると、フールガリア西部の地方都市だった。今までユーディの口から話題に出たこともない土地である。

アデルはその夜一晩悩んで、オスカーとリンディアにこのことを教える決心をした。ただし、原稿の送り先として指定された住所については、頼まれたとおり黙っていよう。

――勝手にどこかへ行っちゃって、人を心配させて、全部要求が通ると思ったら大間違いなのよ。半分は協力するけど、連絡があったことくらいは話させてもらうわ――！

いつもの喫茶店のいつもの奥の席で、アデルはオスカーとリンディアにユーディから来た手紙の封筒だけを見せた。

「すみません、中の手紙はちょっと——レインさんからの頼みで、見せられないんですが。でも別に、今住んでる場所が書いてあるわけじゃなかったです。誓《かし》って本当です」

オスカーとリンディアは、アデルと封筒とを見比べながら首を傾げた。

「消印は、ノーリスタ？　何もない西部の田舎だろう」

「あの人、そんなところで一体何を……？」

どうやらふたりにも消印の土地に心当たりがないようだった。しばらくふたりで顔を見合わせ、それぞれに考え込んだ後《のち》、ほぼ同時にため息をついて顔を上げた。

「まあ、あいつのことだから、何か考えがあるんだろう。俺たちに何も言ってこないのは腹が立つが、アデルだけにでも連絡を寄越《よこ》したなら、よしとするか。とりあえず生きているのはわかったからな」

「ええ、わたくしはユーディを信じますわ。きっと都の外で、何か面白いことを考えているのでしょう。迎えに来てくれるのを楽しみに待つことにします」

リンディアは美しい微笑《ほほえ》みを浮かべながら言い、テーブル越しにアデルの手を握った。

「アデル、ありがとう。本当は、手紙が来たこと自体も口止めされていたのでしょう？　教えてくれて本当にありがとう」

「リンディア様……」

「いいの。彼が元気なら、それがわかっただけでも嬉しいから」

「――……」

もっとヒステリックに、手紙には何が書かれていたのか、自分にも見せろと詰め寄ってきても不思議ではない状況にリンディアはいる。それをせず、穏やかに微笑むリンディアが、無性《むしょう》に羨《うらや》ましく思えた。本当にユーディを想っていて、本当に彼を信じているのだと感じられて、胸が温かくなった。

「レインさんが帰ってきたら、みんなで一晩中文句を言ってやりましょうね……！」

拳《こぶし》を握って立ち上がるアデルに、リンディアが頷いた。

「ええ、ボコボコにしてやりましょう」

サファイアの瞳が笑っていなかったので、ちょっと震えてしまったアデルである。信じている、いるのと怒っていないのは別問題なのかもしれない。

――リンディア様って、お優しいけど、怒ると怖い人でもあるのかも……。

そう思うのには、訳がある。実はアデルのもとに思いがけない手紙が舞い込んだのは、ユーディからが初めてではなかった。その前に、ルイザからも手紙を受け取っているのだ。どうやら夏休みの件をリンディアに知られ、叱《しか》られたらしい。「お姉様に謝れと言われたから」という仕方なさが滲《にじ》み出る詫《わ》び状ではあったが、それでもあのルイザに素直にペンを執《と》らせたのだから、リンディアの叱責《しっせき》には相当の迫力があったのではないかと推察《すいさつ》出来る。

「あの……リンディア様。ボコボコもいいですけど、ちょっとは手加減してあげてください……ね？」

ご機嫌《きげん》を伺《うかが》うようにアデルが言うと、リンディアはにっこりと微笑《わら》った。

「ええ、顔は勘弁《かんべん》しておいてあげるわ。わたくし、ユーディの顔が好きなのよ」

◇――＊◆＊――◇

ユーディから連絡があったことで、心配事のひとつが少し解消された気分になったアデルは（顔以外のボコボコは心配だが！）、言われたとおり執筆活動にも励みながらカレル夫妻とのふれあいの日々を過ごしていた。

孤児院の前に捨てられてから十七年の月日を思えば、両親かもしれない人たちに聞きたいこと、聞いて欲しいことはいくらでもあった。あっちへ行ったりこっちへ行ったりするアデルの話を、カレル夫妻は優しく聞いてくれた。

「あの――亡くなったお兄さんは、手先が器用だったんですか？　七歳で作ったにしては、結構立派なお守りだと思うんですけど」

アデルがお守りを撫《な》でながら訊ねると、夫妻は懐かしそうに微笑んだ。

「そうだね、割と器用な方だったかもしれないね。妹が生まれたのをそれは喜んで、一生懸命《けんめい》作っていたよ。でも模様を彫るのにはさすがに苦心してね。簡単な直線模様にしておけばいいものを、難しい曲線に挑んで、渦巻《うずま》き模様がいびつになってしまったと不満そうだった。それでもせっかく彫ったのだからと、私たちは赤ん坊の首に掛けてあげたんだよ。ところがその日、ちょっとばあやが庭で目を離した隙に――」

「カレル領は普段は平和でのどかな土地なのだけれど、あの時は不運にも、流れ者の無頼集団がうろつき回っていたの。まさか領主の屋敷に忍び込んで、子供を攫うなんて思いもしなくて――しかもその子供が、外国の孤児院で育てられていたなんて……」

夫妻は涙ぐみながら、お守りを握るアデルの手を取った。

「いろいろ不幸はあったけれど、こうして時を経《へ》てあなたが見つかったのも、妹のためにお守りを彫った兄の想いが実ったということなのかもしれないわね――」

「アデル……？　どうしたんだい？　急に顔色が悪くなったようだけど」

赤毛の夫婦に手を握られたアデルは、顔を強張《こわば》らせていた。

――違う。

確かに今はいびつな渦巻きにしか見えないけど、私は誰にもこのお守りが『渦巻き模様』だなんて言ってないのに。

このふたりは、私の両親じゃない――。

4

翌日、学校帰りにオスカーが顔を見せたので、一緒に近くの喫茶店へ入った。女王陛下《へいか》へ提出する身上書はもう出来上がったのかと訊《たず》ねると、オスカーは肩を竦《すく》めながら答えた。

「まだ、もう少しかかるかな。カレル夫妻に関する調査報告書をまとめているところだよ。何しろジョセフが山ほど資料を作成していてね、それを全部付けたのでは、嫌がらせのつもりかと女王陛下に文句を言われてしまう。完璧なのはいいけど、取捨選択に悩む報告書群だよ」

「完璧――……」

いくら調べてもカレル夫妻に怪《あや》しい点は見つからない。それはオスカーから何度も聞かされている。だから自分もふたりを信じていた。けれどあのふたりは、赤ん坊の首に掛けたお守りを渦巻き模様だと言った――。けれど夫妻の調査は完璧だという――。

――何が、誰が間違っているの？　もしかして私が何か勘違《かんちが》いしている？　お守りは本当に渦巻き模様で、あのふたりは本当に私の両親で間違いなし？　でも――……。

いったん胸に兆《きざ》した疑惑《ぎわく》は、簡単に振り払えなかった。

アデルは自分が気づいてしまった不審点をどうやって切り出そうかと悩み、ふと窓の外へ目を遣《や》った。すると、ちょうど通りを歩いてきた灰茶《アッシュ・ブラウン》の髪の青年と目が合った。

「マースさん——」

ついその名をつぶやいてしまい、オスカーにも気づかれて、厭《いや》な顔をされた。

マースはアデルの向かいにオスカーがいるのを見てそそくさと去ってしまったが、オスカーはそれでは収まらなかった。

「あいつはまだ王都《ネルガリア》にいるのか。相変わらず、君に声をかけてくるんだろう？　手紙を渡したあとまで、一体何の用があるのか言ったかい？」

「それが……いつも絶妙に間《ま》の悪い人で、ちょうど私が人と一緒にいる時や、ゆっくり話が出来ないタイミングの時に声をかけてくるものだから、なかなか用件を聞けなくて……」

アデルは苦笑がちに答えたあと、少し語気を強める。

「でも、あの人の話を落ち着いて聞けない原因の半分は、あなたにあると思います。あなたがいつも彼を見ると睨《にら》むから、逃げちゃうんですよ。あの人、犬にも馬鹿にされて追いかけられるような優しい人なんですから」

「アデルは、犬に追いかけられるような情けない男が好きなのか。犬に追いかけられればいいのか。気の荒い犬を飼えばいいのか。ジョセフに探しておけと言っておこう」

子供のように拗《す》ねられて、アデルは二度《ふたたび》苦笑する。

「マースさんを好きだなんて一言も言ってないでしょう……！　私が好きなのは、エル……オスカーさんですよ」

小さな声で答えると、オスカーは大きな動作で首を傾けた。

「え？　聞こえなかった。もう一度言って」

「もうっ……大人げない態度もいい加減にしないと、怒りますよ――!?」

アデルは立ち上がって叫び、その勢いでビシッとオスカーに人差し指を突きつけた。

「とにかく、こんなに長く仕事を休んで都にいるなんて徒事《ただごと》じゃないと思いますから、今度会ったら話を聞いてみます。もしその時、あなたと一緒にいても、邪魔はしないでくださいね！　一度話を聞けば済むことなら、さっさと聞いてしまえばいいだけのことなんですから！」

「一度の話で済む用件とは限らないじゃないか」

「それは、聞いてみなきゃわかりません。わからないことを今ここであなたと言い合っていても無意味です」

冷静に言い放つアデルに、オスカーは「わかった……」と不承不承《ふしょうぶしょう》頷《うなず》いた。そして細かい注意事項を並べ始めた。

「話を聞くのはいいとしても、人気《ひとけ》のないところでふたりきりになるのは駄目だぞ。遅い時間も駄目だぞ。どこかの喫茶店に入るなら、すぐに逃げられるように出入り口の傍《そば》の席に座るんだぞ」

「前科三十犯の極悪人と会うわけでなし、心配しすぎです――！」

「もしかしたら前科四十犯の指名手配犯かもしれないじゃないか。優しげな顔をしている奴《やつ》ほど、腹の中は真っ黒なんだぞ」

「じゃあ、これからあなたが私に優しくしてくれる時は、腹の中で何か企《たくら》んでるんだと思うことにします！」

「私が君に優しいのは当然だろう。君は私の可愛《かわい》い恋人なんだからな――！」

「だったらもっと私を信用してください！」

喫茶店でオスカー・エルデヴァドとアデルが痴話喧嘩《ちわげんか》をしていた――そんな噂《うわさ》が広まりかねない大騒ぎをして、「じゃあ、今日はこれで！」とアデルは喫茶店を飛び出した。

頬《ほお》を膨《ふく》らませて走りながら、本題について何も話せなかったことに気づく。

――ああ、結局カレル夫妻についての不審を話しそびれちゃったわ……。

言わずに済んでほっとしたような、けれどそれは問題をただ先送りしただけだともわかっていて、気分の重さは変わらないアデルだった。

◇――＊◆＊――◇

大事件が起きたのは、それから数日後の休日だった。

カレル夫妻とは会う気になれず、かといって寄宿舎に籠《こも》っていれば自称家族たちが押しかけてくる。アデルは息抜きを求め、いつもの公園に逃げ込んでおばあさんと話をしていた。そこへマースが現れた。

「あの――アデル。ちょっといいかな」

オスカーと一緒の時ではなくてよかったと思いながら、アデルは笑顔で頷いて立ち上がった。おばあさんにさようならと挨拶《あいさつ》をしてからマースと一緒に公園を出ようとした時。

突然、後頭部を打つように、背後から怒号が上がった。

「!?」

慌《あわ》てて振り返ると、ベンチに座って膝《ひざ》に猫を載《の》せていたおばあさんが、数人の暴漢に襲われているではないか。おばあさんは杖《つえ》を振り回して応戦しているが、大柄《おおがら》な男たちにそれで敵《かな》うわけがない。

「な、なに……!?　どうしよう、救《たす》けなきゃ――」

アデルとマースは急いでおばあさんのもとへ駆け戻り、マースが果敢《かかん》に暴漢たちを止めにかかった。しかし犬にも勝てない非力なマースに、暴漢たちをやっつけることなど出来るはずもない。簡単に拳《こぶし》を喰《く》らって地面に倒れ込んでしまった。

「マースさん！」

倒れたまま起き上がらないマースに縋《すが》りつき、アデルはおろおろしながら周囲を見回したが、助けてくれそうな人影はない。――いや、よく見れば、あちらの噴水の向こう、こちらの大木の陰、そこここに人が倒れている。

——何が起きてるの……!?

「お嬢ちゃん。怪我《けが》をしたくなかったら、何も見なかったことにしておうちに帰りな」

黒い服を着た暴漢たちはアデルにそう言い、暴れるおばあさんを押さえ込んで連れ去ろうとする。

「おばあさん——!」

こんな場面に居合わせて、何もなかったことにして帰るなんて人でなしのすることだ——!

追い縋ろうとするアデルを、暴漢たちがうるさげに振り払う。尻餅《しりもち》をついて座り込んだところに、なんとも頼もしい声が飛んできた。

「アデル! どうした——!?」

ヒーローは美味《おい》しい時にやって来る——! なるほどね、メモメモ!

あまりに都合のいいタイミングでオスカーが現れたものだから、ついこれが現実とは思えずにそんな茶化したことを考えてしまったが、大股《おおまた》でこちらへ駆け寄ってきたオスカーは幻《まぼろし》などではなく本物だった。そして攫《さら》われそうになっているおばあさんを見て顔をしかめる。

「面倒なことに巻き込まれたようだな……!」

忌々《いまいま》しげに吐き捨てたオスカーは、足元に転がっているおばあさんの杖を取り上げ、持ち手の部分を引いた。すると、木製の杖の部分が鞘《さや》のように外れ、中から細身の剣が現れた。

「し、仕込み杖……!?」

おばあさんはどうしてそんなものを——と驚くアデルを後目《しりめ》に、オスカーは剣を片手に暴漢たちと対峙《たいじ》する。

「オスカー・エルデヴァド——か」

「私を知っているのか」

「知らないわけがないだろう。あんたは良くも悪くも有名人だよ」

「まあ、あんたは黙って回れ右してくれるわけはないよな」

相手が刃物を持ち出したならとばかり、暴漢たちもナイフを出してオスカーに襲いかかる。刃《やいば》が音を立ててぶつかり合うような、こんな物騒な場面を見たのは初めてのアデルは、息を呑《の》んでその場に立ち尽くした。オスカーが心配だったが、その心配はそう長くは続かなかった。

オスカーがおばあさんを守りながらも器用に三人の暴漢の足と利《き》き腕を攻撃して動けなくさせたところに、噴水や木陰に倒れていた人々が起き上がって駆けつけてきた。

「申し訳ありません、抜かりました……！」

「護衛がそう簡単に隙《すき》を作るな！」

オスカーに叱《しか》られながら、護衛と呼ばれた数人の男女は暴漢たちを取り押さえ始める。

「護衛……？　護衛って——」

テキパキと暴漢の腕を拘束《こうそく》している男女は、散歩途中のおじさん、買い物帰りの主婦、といった風情《ふぜい》の人々である。この公園で何度か見かけた顔でもある。

まったく状況がわからず、アデルはきょとんとするばかりだった。そこへ、オスカーに助け起こされたおばあさんが少し悪戯《いたずら》げな声で言った。

「ほらね。あたしの孫はやっぱり出来すぎてるだろう……？」

「え？」

――エルデヴァドさんが、おばあさんの孫……？

アデルが意味を訊《き》き返す前に、オスカーがおばあさんを叱った。

「何を呑気《のんき》なことを仰《おっしゃ》っているのです。――陛下。年寄りの冷や水はいい加減にしてくださいと、いつも申し上げているでしょう」

「へ、陛下……？」

アデルは間抜けにひっくり返った声を出す。

「って、おばあさんが女王陛下――!?」

◆5

アデルが諸々《もろもろ》の事情を聞かされたのは、旧レイン出版の上階にあるユーディの部屋へマースを運び込んでからのことだった。

すでにユーディはその部屋を引き払っているのだが、改めてオスカーがそこを借りたのだという。引っ越しを知らずにユーディ宛《あ》ての郵便物が届くこともあり、時々それを回収しては、ユーディの居所の手掛かりにならないかと調べていたらしい。今日も郵便受けを覗《のぞ》きに行って、その帰りに公園も覗いてみたところ、騒ぎに遭遇した――というわけだった（さすがに、何の伏線《ふくせん》もなくあの場に現れたわけではないらしい！）。

おばあさん――女王陛下《へいか》を守って怪我《けが》をしたマースを介抱《かいほう》するのに、ひとまず一番近い場所ということで、ここへ運び込んだ。マースは暴漢に殴《なぐ》られて脳震盪《のうしんとう》を起こしていたようだが、幸いすぐに目を覚まし、意識もはっきりしていた。ただし、殴られて転んだ拍子《ひょうし》に足を捻挫《ねんざ》して、どちらかというとそちらの方が重傷だった。オスカーが階下に住む大家から湿布《しっぷ》を分けてもらってきたので、それで当座の手当てをして、ようやく人心地ついたアデルである。

アデルはマースを寝かせたベッドの足元に椅子を引っ張ってきて座り、オスカーは向かい合うように置かれたひとり掛けのソファに腰を下ろした。ちなみに女王陛下は、疾《と》うに護衛たちに守られてネルガリア宮殿へお帰りになっている。

「それにしても、あのおばあさんが女王陛下だったなんて――いつも自慢していた孫が、エルデヴァドさんのことだったなんて……」

小さな頃のオスカーを思い出しながら話していたのだろうか。将来はフールガリア一のいい男になる、などと言っていたが、結果を見てから言うのはずるいわ――とアデルはこっそりオスカーを見遣《みや》った。長い脚《あし》を持て余し気味に座っている姿は、安アパートの粗末なソファが背景でも、やはり格好がいいと思う。そう思ってから、頭を抱《かか》える。

——ああっ、でも、女王様にはエルデヴァドさんとのことをかなり相談してしまっていた気がする！　途中からは私のこと、わかってたよね……？

夏休み前はともかく、ヴォーゴートから帰って以降の騒ぎで、自分がオスカーと噂《うわさ》になっているアデル・バロットであることは察しが付いただろう。その上で、いざとなったら駆け落ちしてしまえばいいなんてとんでもないことをけしかけられた気がするが……一体、あの女王陛下はどういうお人なのだろう？

「あの……どうして女王様が街の公園で猫相手に孫の自慢話なんか……？」

アデルの疑問に、オスカーは面白くもなさそうに答えてくれた。

「フールガリア王室代々の伝統なんだよ、王が身分を隠して市井《しせい》の人々の声を聞く——というのはね。そうは言っても、陛下ももうお齢《とし》だし、これまで十分に務めは果たしたのだから、そろそろお忍びは引退してくださいと再三言っていたんだけれどね」

「さっきみたいに暴漢に襲われるようなこと、今までにもあったんですか？」

「一応護衛が付いているから、滅多《めった》に大事《おおごと》にはならないけれどね。皆無《かいむ》ではないね」

「あの人たちは、女王様を攫《さら》ってどうするつもりだったんでしょう……？」

「まあ——使い道はいろいろある。何しろ一国の王だからね。捕まえた連中を詳しく調べてみないと背後関係はわからないけれど、私への態度からしても、反王室・反封建制度を唱える連中だろうな──。たまたま私が通りかかって、本当によかったよ」

　オスカーはため息をつく。

「五年前にリンドールで革命が起きた時、フールガリア国内でも王室不要論が盛り上がったことがあってね。そして今回の、ザグレラでの革命だ。絶対また同じようなことになるから、用心してくださいとあれほど……まったく人の言うことを聞かないばあさんなんだ……！」

　ここにいない女王陛下に対し、オスカーはため息と文句を繰り返す。だがその様子が本当に祖母を心配している孫のようで、微笑《ほほえ》ましく思えてくるアデルだった。

　一頻《ひとしき》りぶつぶつ言ったあと、オスカーは仕切り直すようにアデルを見た。

「──でも驚いたよ。まさかアデルが公園で知り合ったと言っていたおばあさんが、陛下だったとはね。小さな男の子の孫がいる、という設定に惑《まど》わされたな……」

「お忍びの女王様がどの辺に出没するのか、エルデヴァドさんは知らなかったんですか？」

　アデルに問われ、オスカーは苦笑する。

「私はお供をしたことがないからね。おまえは目立つから邪魔だ、微行《びこう》には絶対付いてくるな、と命じられているんだ」

　それを聞いて思わずアデルは噴き出した。

「そりゃあ確かに、見るからに貴族の御曹司《おんぞうし》なエルデヴァドさんが隣にぴったりくっついていたら、街の普通のおばあさんには見えなくなっちゃいますもんね！　身分を隠すなら、のんびりと野良猫を相棒にしてるくらいがちょうどいいんですよ」

自分もその和《なご》やかな風情《ふぜい》にすっかり騙《だま》されて、声をかけて仲良くなってしまったのだから。

くすくす笑うアデルを拗《す》ねたように睨《にら》むオスカーだったが、不意にその視線を横にずらした。

アデルも釣られてそちらを見る。今まで一言も喋《しゃべ》らずに寝ていたマースが、起き上がろうとしていた。

「マースさん！　大丈夫ですか？　無理しなくても、ここエルデヴァドさんが借りてる部屋だから、ゆっくり休んでていいんですよ」

アデルがマースの肩を押し止《とど》めようとすると、オスカーが不機嫌《ふきげん》そうに言った。

「私としては、こいつをゆっくりさせるために連れてきたのではなくて、話を聞かせてもらうつもりだったんだが」

「あ、え……と、そもそも私も、今日こそマースさんの話をちゃんと聞こうと思って、おばあさんと別れたんですけど、その直後、あんな騒ぎになってしまって……」

頭を掻《か》くアデルにオスカーは小さく頷《うなず》き、半身起き上がった格好のマースを見遣《みや》る。

「おまえは、どうしてアデルに付き纏《まと》う？　一体アデルに何の用がある？　どうして私を見ていつも逃げていた？」

「それは……その……逃げたのではなくて、デリケートな話なので、出来ればアデルひとりの時に話をしたいと思って……」

もごもごと言うマースにオスカーは厳しい口調で畳《たた》みかける。

「私はアデルの後見人《こうけんにん》であり、いずれはアデルと結婚する予定の男だ。私に聞かれてはまずいような話をアデルにするつもりだというなら、それはアデルにも聞いて欲しくない。何もやましいことのない話だというなら、今ここで、私の前で話したまえ」

オスカーの青い瞳《ひとみ》にじっと見据《みす》えられたマースは、何か決意したようにひとつ息を吸い込んでから言った。

「もしかして、アデルが僕の妹ではないかと思って、確かめに来たのです」

「えっ――」

アデルは口を開けたまま絶句し、オスカーの眼差《まなざ》しにはあからさまに軽蔑《けいべつ》の色が浮かんだ。

「なるほどな。アデルの兄になりすませばエルデヴァド家と縁戚《えんせき》関係になれると踏んで、仕事を辞《や》めて都へ来たのか？　だが生憎《あいにく》だったな。おまえのような奴《やつ》は山といて、すべて偽者《にせもの》だと調べがついている」

「違います、仕事は休みをもらってきただけで――まあ、こんなに長く休んでしまったら、もうクビになっているかもしれませんが……でも僕は、どうしても確かめたくて……！」

マースはオスカーに向かって強く頭《かぶり》を振り、続いてアデルに真摯《しんし》な眼《め》を向けた。

「アデル――君は木彫りのお守りを持っていないかい？　麦の穂と星の模様が彫られた、楕円《だえん》形《けい》の――」

スに見せる。

「……！」

アデルは咄嗟《とっさ》にスカートのポケットを押さえた。そこから慎重に取り出したお守りを、マー
「これのこと……？」

差し出されたお守りを手に取り、マースは怪訝《けげん》そうに見た。

「大きさと形は……聞いたとおりだけど……模様が違う……？　これは、渦巻《うずま》き？」

「違うの、違うの！」

アデルは激しく首を振った。

「アデル？」

オスカーまで怪訝顔になり、アデルはマースからお守りを取り返して説明した。

「このお守りは、私が孤児院の前で発見された時、首に掛けられていたものです。もともとは上の部分に穴が開けられていて、紐《ひも》が通されていました。彫られていた模様は、麦の穂が星を囲むような格好でした」

「渦巻き模様じゃなかったのか？」

オスカーが驚いたようにお守りを覗き込む。

「初めは、ちゃんと麦の穂と星の模様だったんです。でも私がいつも身に付けて、何かというと触っているうちに、模様が欠けたり擦《す》り切れたりして、ポケットから落とした拍子《ひょうし》にとうと

う紐を通していた部分も割れちゃって――今ではこんな風に、ただのいびつな渦巻き模様にしか見えなくなってしまいました」

「……」

アデルの手の中にあるお守りを、オスカーとマースが無言で見つめる。口を切ったのはオスカーだった。

「私はずっと、このお守りの模様は渦巻きだと思っていた。だから、渦巻き模様のお守りを手掛かりに、君の家族を捜させた。――その根本が違っていた、ということか……？」

「このお守りの本当の模様を知っているのは、赤ん坊の私にお守りを掛けた人物だけです。だから、私の持つお守りの今の形を知らず、麦と星の模様だと言ったマースさんは、私の家族か、私の家族を知っている可能性が極めて高い――と思います」

アデルは慎重に言葉を選びながら言い、マースに訊《たず》ねた。

「でもマースさん、さっき『聞いたとおり』って……このお守りの模様を、誰かに聞いたんですか？　その人が私にお守りを掛けてくれたんですか？」

マースは答える前にオスカーを見遣った。

「僕の話を聞いてくれますか」

「……聞こう」

オスカーが仏頂面《ぶっちょうづら》で頷いたのを受け、マースは訥々《とつとつ》と語り始めた。

「僕の名前は、マース・エルクス。リンドール人で、父は伯爵《はくしゃく》でした――」

それは二十年近く前。まだリンドールに王がいた頃。

マースの父であるエルクス伯爵は、妻以外の女性と恋をした。鮮やかな赤い髪をした女性で、やがて母親譲《ゆず》りの赤毛を持つ女の子が生まれた。母親は不幸にも産褥《さんじょく》で亡くなってしまい、エルクス伯爵はこっそり赤ん坊を引き取って育てようとした。しかしそれを知った伯爵夫人は、森番に命じて赤ん坊を攫わせると、森の奥深くへ捨てさせてしまったのである。

当時は幼かったマースが一連の出来事を知ったのは、五年前、リンドールに革命が起きた時だった。すでに母は亡くなっており、父は革命裁判を待つ身だった。父は王に殉《じゅん》じ《し》る気持ちが強く、その思いを翻《ひるがえ》すことは出来なかった。しかし父は、その忠誠を息子にも強いる人ではなかった。せめておまえだけは生き延びて欲しいと亡命の手筈《てはず》を整えてくれ、国を出る前夜、「本当は、おまえには異母妹がいたのだ」と教えられた。

森へ捨てられて死んでしまった、かわいそうな妹――。マースは驚きと悲しみを同時に味わった。だがその夜、それまでずっと口を噤《つぐ》んでいた森番が、驚くべき告白をしたのだ。実はあの赤ん坊は森に捨てたのではなく、隣国フールガリアへ向かう行商人に預け、里親を探して欲しいと頼んだのだと。

麦の穂と星は、エルクス領では豊作を願うおめでたい模様。父親が赤ん坊のお守りに彫る意《い》匠《しょう》として一番人気のものである。森番は、本当は生まれたばかりの自分の娘のために彫ったお守りを、生命《いのち》を狙《ねら》われ、生まれた土地を離れてゆく哀《あわ》れな領主の娘の首に、せめてもの幸運を祈って掛けてやった。

しかしフールガリアから戻ってきた行商人は、うまく里親を見つけられなかったので困り果て、孤児院の前に赤ん坊を置いてきたと言った。狼《おおかみ》のいる森に捨てるよりは何倍もマシだが、その後、自分の娘と同じ齢《とし》の赤毛の赤ん坊がどのような人生を歩んでいるのか、ずっと気に懸《か》けたまま生きてきたのだと森番は語った。

父を残して自分だけが亡命することに迷いを抱いていたマースだが、その話を聞いて、国を出る決心をした。フールガリアで生きているかもしれない妹を捜さなければ、と思った。

父も今の今まで、娘は森で死んだものと諦《あきら》めていたのだという。だから息子との別れに、懺《ざん》悔《げ》の意味も込めて話したのだと。だがもしも娘が生きているなら、ぜひ捜し出して幸せにしてやって欲しいと言った。そして森番も、マースが亡命をためらっているのを知っていて、けれどどこのまま国に残れば貴族だというだけで処刑されるのがわかり切っていて、だからずっと隠していた秘密を打ち明けたのだろう。

父と森番の思いを受けて、マースはリンドールから逃れ、フールガリアへ入った。早速、森番が行商人から聞いたという孤児院へ行ってみたが、該当《がいとう》する赤ん坊など引き取っていないと言われてしまった。森番が聞き違えたのか、行商人の勘違《かんちが》いなのか、初っ端《しょぱな》から妹を見つける手掛かりが途切れてしまったが、最早《もはや》リンドールにいる森番に連絡することすら出来ない亡命者の身の上だ。ひとまずは自分が生活するために仕事を探すことにした。

ヴォーゴートには、エルクス家と親交のある旧家があった。父にも困ったらそこを訪ねるようにと言われていた。図々しく頼っていって、郵便配達の仕事を紹介してもらった。リンドールの元貴族だということは周囲に隠し、ひたすら働きながら妹の居場所を捜し続けた。休みが取れる度《たび》に足を延ばせる範囲の孤児院を巡って歩いたが、そんな雲を摑《つか》むようなやり方で妹が見つかるはずもなかった。

そんなある日のことである。ヴォーゴートの、自分が郵便配達を担当している地区で、妹と同じ年頃の赤毛の少女と出会ったのだ。この土地へ来てから、こんなに見事な赤毛を見たのは初めてだった。名前はアデルといって、どうやら最近、領主バッジ家の別荘で働き始めたらしい。あまり詳しい身の上を話したがらない様子だったので、家族の有無《うむ》など気になったが訊ねられなかった。

そもそも、捜している妹が向こうからやって来るなんて、まさかそんな都合のいいことがあるはずがない。妙な期待はしないようにしながらアデルと接していたが、夏の終わりに大事件が起きたのだ。

世話になっている旧家からパーティの招待状をもらい、とりあえず付き合いで少しだけと思って顔を出した。するとそこにアデルが現れ、彼女の素性《すじよう》が暴かれた。なんとアデルは孤児院育ちで、有名な御曹司オスカー・エルデヴァドの恋人だというではないか。

もっと詳しい事情をアデルから聞きたかった。だがパーティは大騒ぎになってしまい、とてもアデルに声をかけるどころではなかった。しかもそれからすぐ、アデルはオスカーと共に都へ帰ってしまった。

こうなるともう、アデルのことが気になって仕事が手に付かない。間違いなら間違いでもいいからとにかく本人に確かめてみようと、休みを取って都まで行ってみることにした。ちょうどオスカーからの手紙を預かったままで、これを渡すために来たと言って話しかけるのはおかしなことではないだろう。

しかし、預かっていた手紙を届けるのはともかく、いきなり「君は孤児だと聞いた、捨てられた時にお守りを首に掛けていなかったか」などとデリカシーのないことは訊けないだろう。話の持って行き方に悩んでいるうち、アデルの友達に警戒されるわ、オスカーにも目の敵《かたき》にされて、どんどん切り出しにくくなってしまったのだった――。

「じゃあ……あのパーティでマースさんを見かけたと思ったのは、人違いじゃなかったんですね……！」

瞳《め》を見開きっぱなしでマースの話を聞いていたアデルは、深く息を吐き出しながら言った。

「マースさんは私の母親違いのお兄さんで、私はリンドールの貴族の庶子《しょし》……」

呑《の》み込むようにつぶやくアデルに、マースが頷く。オスカーは憮然顔《ぶぜんがお》で腕組みをしている。

「そういうことなら、もっと早く言えばいいものを――」

「エルデヴァドさんが怖い顔で睨むからですよ！」

アデルはぴしゃりとオスカーに言ってやってから、とても重要なことをマースに訊ねた。

「それで、あの……私の本当の名前はなんというんですか……？」

マースはアデルの問いに小さく頭《かぶり》を振った。

「名前を付ける前に、母が君を攫わせたんだ。リンドールではね、教区の司祭から名前をもらう前の赤ん坊は、まだこの世に繋《つな》ぎ止められていない生命と捉《とら》えられる。残酷な話だけど、寒村では生まれた子供に名前を付けず、口減らしの間引きが行われるのは珍しいことではないらしい。だから母も、愛人の子供に名前が付けられる前を狙ったんだろう。まだこの世のものではない生命の灯《ひ》を消したところで、罪にはならないと自分に言い聞かせたかったんだと思う――。だからといって、母のしたことは許されることではないけれどね」

「――そうなんですか……私にはもともと名前はなかったんですか……」

「アデル？」

「ということは、やっぱり孤児院で適当に付けられた名前が私の唯一《ゆいいつ》の名前なんですね……」

父親の正妻から受けたひどい仕打ちより、名前がなかったことの方にショックを受けているアデルに、オスカーとマースが戸惑《とまど》ったような顔をした。

――生《な》さぬ仲の母親に嫌われるなんて、世間では珍しいことじゃないわ。そんなことより私にとっては、親から名前をもらえなかったことの方がずっと不幸だわ！（リンドールでは司祭が付けるみたいだけど！）

アデルはしばらくがっかりと肩を落としていたが、やがて気を取り直して顔を上げた。

「すみません。ちょっと個人的なことで落ち込んでしまって。それはまあともかく、マースさんがお兄さんだとわかって嬉《うれ》しいです。私、優しいお兄さんが出来て幸せです」

はにかみながら言うと、マースは少し照れたように頭を掻《か》いた。そこへオスカーが訝《いぶか》しげな声を割り込ませる。

「だが、待てよ。では、初めから『いびつな渦巻き模様の彫られたお守りを掛けた赤ん坊』を探していたカレル夫妻は、一体何者だ？　他の自称家族はお守りのこと自体を知らなかったというのに、中途半端《はんぱ》に現在の形状のお守りを知っているというのは、どういうことなんだ」

オスカーの疑問に、アデルも表情を改める。

「実は私も、この間そのことに気づいて、不審に思ったんです。初めは、唯一《ゆいいつ》お守りのことを知っている人たちだったから家族なんだと思い込んでしまったんですけど、模様についての話題になった時、最初から渦巻き模様だったなんて言うものだから、この人たちはもしかして人違いをしているんじゃないか、って」

「あの……カレル夫妻というのは？」

マースに訊かれてオスカーが答える。

「アデルの両親候補として、つい今まで最有力と見られていた夫婦だ。――それが一気に、一番怪《あや》しい存在になったな。――あの夫妻を見つけ出してきたのはジョセフだ。帰って、あいつに確認してみる」

オスカーはそう言って立ち上がると、マースを振り返った。

「すぐにここへ、エルデヴァド家から人を寄越《よこ》す。新しい滞在先のホテルもこちらで用意するから、ひとまずそこへ移ってくれ。後のことは改めて相談しよう」

そうしてアデルは、歩けないマースがエルデヴァド家ご用達《ようたし》のホテルへ運んで行かれるのを確認してから、寄宿舎へ帰ったのだった。


そして翌日の放課後――。

オスカーから差し回された馬車で、アデルはエルデヴァド家の別邸に連れて行かれた。

彼が個人的に使っている屋敷だとのことだが、これが本邸でない理由がわからない豪邸だった。そもそも家など持ったことがないアデルにしてみれば、普段住んでいる場所の他に「個人的に使っている屋敷ってなに!?」である。

案内された部屋には、オスカーの他にカレル夫妻と白髭《しろひげ》の老人がいた。

強張《こわば》った表情の夫妻は、アデルと目が合った途端、申し訳なさそうな顔で俯《うつむ》いてしまった。

その様子から、このあと楽しい話が聞けるわけではなさそうだと察するアデルだった。

「これが執事《しつじ》のジョセフだ」

大時代的な礼服を着込んだ姿勢の良い老人を、オスカーが紹介する。

「あ、初めまして――エルデヴァドさんにはいつもお世話になっています」

アデルがぺこりと頭を下げると、ジョセフは「こちらこそ、坊ちゃまがお世話になっております」と丁寧《ていねい》な礼を執《と》った。顔つきは厳しいが、物腰のやわらかなおじいさんだった。

「ふたりとも、その事務的且《か》つ保護者的な挨拶《あいさつ》はやめろ。特に『坊ちゃま』はやめろ」

オスカーが不機嫌に言って、ジョセフを睨む。

「アデル――こいつに頭なんて下げなくていい。すべてこいつが仕組んだことだったんだ」

「仕組む……？」

アデルはきょとんとジョセフを見た。

「申し訳ありません、わたくしどもも悪かったのです――！」

「アデル、ごめんなさいね――！」

カレル夫妻がアデルに縋《すが》って泣き崩れる。

「あ、あの、どういうことですか……？」

戸惑うアデルに、「とにかく座ってくれ」とオスカーは椅子を勧《すす》めた。長椅子に並んで座ったカレル夫妻の向かい、ひとり掛けの肘掛《ひじか》け椅子に座ったオスカーとは斜向《はすむ》かいの位置にアデルは腰を下ろす。ジョセフはオスカーの後ろに控えて立っている。そういった状況の中、オスカーが説明したのは次のような経緯《いきさつ》だった。

エルデヴァド家の執事ジョセフは、大事な坊ちゃまの御為《おんため》とあらば火の中へでも飛び込み、水の中へでも潜《もぐ》るような忠義者のじいやである。そんなジョセフは、女性不信がこじれる一方だった坊ちゃまがようやく見つけた理想の恋人を、何としてでもエルデヴァド家の花嫁として迎えるべく、一計を案じた。女王陛下の許可を得るため、アデルに『外国貴族の娘』という身分を作ってやろうとしたのだ。

オスカーの命《めい》のもと、アデルの身元調査を直接指揮しているのはジョセフである。そして、次々と現れる『自称・アデルの家族』の身辺調査を任《まか》されているのもまたジョセフである。つまり、ジョセフが謀《はか》ってアデルの両親を巧妙に仕立て上げてしまえば、その夫婦に不利な情報がオスカーに伝えられることはない。ただ信憑性《しんぴょうせい》を高める資料のみが次々と渡されるだけである。

信頼厚いじいやの暴走はオスカーにとっては完全な盲点だったが、昨日のマースの告白を受け、俄《にわか》にジョセフへの疑念が湧《わ》いた。アデルの身元を調べるための唯一の手掛かりが『いびつな渦巻き模様のお守り』であることを聞かされているのはジョセフだけ。オスカー自身がそう思い込んでジョセフに伝えたのだから、そんなお守りを持つ娘を捜して現れた夫婦とジョセフに繋がりがないわけはないのだった。

急いで屋敷へ帰り、ジョセフにアデルの本当の兄が見つかったことを話した。そしてカレル夫妻は何者かと問い質《ただ》した。お守りの模様の真実を聞かされたジョセフは、観念したように白状した。あの夫妻は、自分が用意した偽者の両親である――と。

だが、カレル夫妻の身分は本物で、生まれたばかりの赤ん坊が攫われる不幸に遭《あ》ったのも、その兄が数年前に病《やまい》で亡くなったのも本当だという。ただ、攫われた子供は程なくして、遺体となって発見された。哀《あわ》れな赤ん坊は今、カレル家の墓に眠っている。

ジョセフはこれまで名門エルデヴァド家に仕《つか》えて培《つちか》ってきた人脈と情報網を駆使して、アデルの両親を演じるに相応《ふさわ》しい赤毛の夫婦を見つけると、墓に葬《ほうむ》った赤ん坊は人違いだったことにして、アデルの両親になって欲しいと頼み込んだのだ。事情を聞いた夫婦は、自分たちの娘が生きていれば同じ齢となる孤児の苦難に同情し、両親の役を引き受けてくれたのだった。

「――そうだったんですか……」

オスカーの話を聞き終えたアデルは、カレル夫妻とジョセフの顔をゆっくりと見渡した。

「ごめんなさいね、アデル……！　でも、あなたを娘のように思っていた気持ちは本物だったのよ。本当の親ではなくて、ごめんなさいね……！」

「私たちで役に立てればと思ったのですが、やはり嘘《うそ》は暴かれるものですね……。安易に偽の両親などを演じて、本当に私たちが馬鹿でした。アデルには謝っても謝り切れません」

項垂《うなだ》れるカレル夫妻に対し、ジョセフの表情は変わらない。それがオスカーの気に障《さわ》ったらしく、厳しい声で叱《しか》りつける。

「おまえもアデルに謝れ！　アデルは本当に両親が見つかったと思って喜んでいたんだぞ。純粋な孤児の気持ちをもてあそぶような真似《まね》をして、誰がそんな小細工をしろと命じた！」

「坊ちゃまの御為を思ってしたことでございます。あの時点では、こうでもしなければ事態が収拾《しゅうしゅう》しないと判断いたしました」

「俺のためだと言えば何でも許されると思うなよ!?　おまえは昔からそうだ。学校の遠足にまでこっそり付いてきて、おまえの姿がクラスメイトに見つかった時、俺がどれほどばつが悪かったかわかるか!?」

「坊ちゃまが山で迷子になるのではないか、足を滑らせて怪我をするのではないかと心配だったのでございます」

「ま、まあまあ、エルデヴァドさん。子供の頃のことまで引っ張り出さなくても」

アデルが思わず仲裁に入ると、オスカーは据《す》わった眼で答える。

「子供の時ならまだ許す！　こいつは大学の卒業旅行の時もこっそり付いてきたんだ！」

「うっ……」

それはさすがに過保護すぎる。

「開放的な気分になった坊ちゃまが悪い女に惑わされぬよう、陰ながら見守らせていただいたまででございます」

「ああ、おかげさまで妙なジジイ付きの俺には、いい女も悪い女も寄って来なかったさ」

ふてくされた顔で吐き捨てたオスカーは、アデルから向けられる微妙な視線に気がついて、我に返ったように頭《かぶり》を振った。

「――違う、そんな話はどうでもいいんだ！　とにかく、カレル夫妻の件はジョセフの悪巧《わるだく》みだった。それに気づかなかった私にも責任はある。アデル、許してくれ」

オスカーが頭を下げようとするのを、ジョセフが止めた。

「坊ちゃまがそのような真似をなさることはございません。すべてはこのジョセフのしたことでございます」

「そうだ、すべておまえが悪い！　だがそう言って知らんぷりも出来ないだろう。アデルを傷つけてしまったんだからな」

言い合う主従の間に、アデルは慌てて割って入る。

「いいんです、やめてください。私は別に何とも思ってませんから」

「気を遣《つか》わなくてもいい。家族の問題は、君にとって大きなことだろう。素直に怒ってくれてかまわない」

「いいえ、本当に怒ってなんかいませんし」

「なぜ」

オスカーが怪訝顔をする。カレル夫妻も同様である。

「だって、大切な坊ちゃまのためにしたことでしょう。ジョセフさんを責められません。それに、おかげで私は束《つか》の間《ま》でも両親が出来たような気分を味わえたし、本当に楽しかったし。誰も悪気があったわけじゃないんですし、怒る気になんかなりません」

アデルの返答を聞き、オスカーは肩を揺らして息を吐いた。

「相変わらず君は、びっくりするほど前向きだな……」

「だから、あんまりジョセフさんを叱らないでください。カレル夫妻のことも、許してあげてください。もしかしたら今回の件で、せっかく記憶の底にしまい込んでいた娘さんのことをいろいろ思い出してしまって、ふたりの方が辛《つら》かったんじゃないかとも思いますし」

「アデル……！」

カレル夫人が立ち上がり、応接テーブルの脇《わき》を回ってアデルを抱きしめた。

「そんなことないのよ、私たちは本当にあなたが可愛くて、あなたと会う度《たび》に幸せだったのよ。寄宿舎で初めてあなたと会った時、涙が溢《あふ》れてきたのは本当に自然な気持ちだった。とても懐《なつ》かしい感じがしたの。あなたと本当の親子として暮らしたかった……！」

「私もです——」

アデルはカレル夫人の腕の中で答えた。

ふたりが本当に自分を可愛がってくれていたのはわかっていた。だからお守りのことで不審が芽生えた時、ショックだったのと同時に、気づかなかったふりをしたいとも思った。結局、マースの思いがけない告白で、真実は明かされてしまったのだが——。

「私が本当にポーシャだったらいいのに、って何度も思いました。ごめんなさい、私、ポーシャじゃなくて……」

「いいえ、あなたが謝ることなんて何もないのよ……！」

抱き合って涙を流すアデルとカレル夫人を見遣り、オスカーがジョセフに言う。

「見ろ、おまえが罪作りなことをしたせいだぞ」

それを聞いて、アデルが顔を上げる。

「本当にジョセフさんのことも怒ってませんから、それ以上責めないであげてください！」

アデルに庇《かば》われたジョセフは表情を変えずに口を開いた。

「わたくしは、坊ちゃまが選んだ女性を無条件で受け入れます。坊ちゃまの想《おも》いがあなた様に向いている限りは、わたくしも誠心誠意あなた様のお世話をさせていただきます」

あまりにも厳しい表情を崩さずに言われたので、思わずアデルは訊き返した。

「あの、ジョセフさん自身は私をどう思っているんですか？　大事な坊ちゃまに相応しい相手だと……思ってます？」

「……」

アデルの問いに、ジョセフは無言だった。しばらく待ってみたが、首を動かす素振りもなければ口を動かす気配もない。

——なるほど、ただ坊ちゃまの意思を尊重する、というだけなのね……。

「わかりました。ジョセフさんにも個人的に認めてもらえるように頑張ります」

「こいつのことは気にしなくていい！」

オスカーが尖《とが》った声で言ったが、ジョセフはそれを意に介さず、ようやくアデルを真っすぐに見て口を開いた。

「坊ちゃまの良いところは、お付き合いしている女性がいる時はその女性一筋なところでございます。坊ちゃまがあまりに魅力的な美青年なのでいろいろ心配になることもあるかとは存じますが、浮気はあり得ませんので、あなた様もそのあたりのことでカリカリなさいませぬようご助言申し上げます」

真顔でそんなアドバイスをされ、アデルはぱちくりと瞬《まばた》きしたあと、微笑んだ。

「ありがとうございます。よかったらまた、坊ちゃまの素敵情報をいろいろ教えてください」

「お任せくださいませ。わたくしは坊ちゃまのエキスパートでございます」

「何なんだ、急に仲良くなるな！　ふたりして、俺を『坊ちゃま』と呼ぶなー！」

◇——＊◆＊——◇

アデルを寄宿舎へ送り返したあと、オスカーもエルデヴァド家の本邸へ帰った。

ジョセフは何食わぬ顔で職務に戻っている。両親にこのくだらないごたごたを知られたくなくて別邸を使ったが、実のところ、アデルに言われなくてもジョセフをあまり強くは責められない心境のオスカーなのである。

――正直、俺も同じことを考えかけたからな。

どうせ、今さらアデルの家族が見つかる可能性は低い。ならば、適当な身分を持つ両親をでっち上げてもかまわないだろう、と。

しかし、それは純粋なアデルを騙《だま》すことになる。最初のあの賭《か》け事騒動以来、アデルを騙すようなこと、傷つけるようなことは決してしないと誓ったのだ。

とはいえ、綺麗事だけを言っていても問題は解決しない。ジョセフがカレル夫妻を見つけてきた時は、これが当たりだったらいいと祈った。あまりに非の打ち所がない身辺調査報告に不審を抱かなかったわけではないが、アデルも夫妻に懐いていることだし、このまま認めてしまってていいと思いかけていた。まさかアデルの周囲に思わせぶりに出没していたマースが、すべてをひっくり返してくれるとは思いもしなかった。

――そう、あの男がアデルの兄だと判明したからには、付き合い方を考えなければならないな。

生き別れになっていた兄妹なのだから、ふれあいの時間を作ってやるべきか。いや、マースを都に呼んで面倒見てやるべきか？　アデルは優しい兄が出来て喜んでいるし、自分も出来るだけのことはしてやりたい。

翌日、ホテルへ移動させたマースを訪ねたオスカーは、約束どおり今後の相談を持ち掛けたが、マースはエルデヴァド家の援助を受けるつもりはないときっぱり答えた。

「ひとまずヴォーゴートへ戻って身辺の整理をしたら、改めて都へ来て、仕事を探します」

茶色の瞳の奥に意志の強さが見えるところや、必要以上に他人に頼らないところは、アデルと同じだった。これはあまり強く押すと逆効果になると思い（アデルとのやりとりで学習済みだ！）、オスカーは潔《いさぎよ》く引き下がった。だがそのあと、マースは遠慮がちに口を開いた。

「あの――でも、これは図々しいお願いなのですが……」

「なんだ？」

「アデルへの援助は、このまま続けてやっていただけますか？　僕にはとても名門女子校に通う学費は払ってやれませんし……勉強をしたいというアデルの希望を諦《あきら》めさせるようなことはしたくないのです」

「もちろんだ。学費どころか、私はアデルを一生、暮らしに困らせるつもりはない。今は後見人という立場だが、いずれ――アデルが学校を卒業したら、私はアデルの夫になる」

だから、とオスカーは続けた。

「アデルの兄は私にとっても家族だ。何か困ったことがあったら、頼ってきてくれ。大抵のことはなんとかしてやれるだろう」

この場にユーディがいれば「最後の一言が余分なんだよ」と注意してくれるだろうが、生粋《きっすい》の御曹司の悲しさで、悪気もなく嫌味なことを言ってしまうオスカーだった。

しかし革命だの亡命だのといった修羅場《しゅらば》を潜り抜けてきた分、マースはアデルより大人だった。言葉尻《じり》に反応して喧嘩腰《けんかごし》になることもなく、柔和《にゅうわ》に微笑んで答えた。

「お気持ちだけ有《あ》り難《がた》く受け取っておきます」

ふたりだけのエピローグ

その後、カレル夫妻はアデルに何度も謝りながらカールドへ帰っていった。よかったら一度、カレル領へ遊びに来て欲しいという言葉に、アデルは笑顔で頷《うなず》いた。ナスが採《と》れる季節にぜひ行ってみたいと思った。

それからさらに数日後、歩けるようになったマースがヴォーゴートへと発《た》った。それを見送ったあと、アデルはオスカーに連れられて都の郊外にある瀟洒《しょうしゃ》な館を訪ねた。エルデヴァド家の別邸よりよほどこぢんまりとしたその館では、女王陛下《へいか》が待っていた。

女王が個人的に所有する館での（上流社会では個人的な家を持つのが普通なのだろうか！）、非公式な対面である。頭に王冠も載《の》せていなければ、豪華なドレスも着ていない。けれど大きな威厳をもって女王はアデルとオスカーを迎えた。

いつも公園で会っていた時は、ほのぼのとした雰囲気《ふんいき》しか感じなかったのに。やっぱりこの人は女王様だったのか——とアデルは身の引き締まる思いで、女王の御前《ごぜん》に畏《かしこ》まった。

しかし女王は存外気さくに口を開く。

「無事にアデルの素性《すじょう》が判明して、問題は解決したようですね。一時はどうなることかとハラハラしましたよ。これで私も正々堂々と、おまえとアデルの仲を認めることが出来ます」

笑顔で言ってから、少し声を潜《ひそ》める。

「——けれどオスカー、最終手段は駆け落ちを考えていたのではないのですか？」

「えっ」

そんなまさか、と隣のオスカーを見上げると、なんとオスカーはこっくりと頷いた。

「ええっ、本当に!?　そんなこと考えてたんですか!?」

確かに、彼はなんでも出来る恵まれた人なのだから、家を出ても何とでも生きていけるのかもしれない。家柄《いえがら》に頼らなくても、自力で成功出来てしまうのかもしれないけれど——。

啞然《あぜん》としているアデルに、オスカーが言う。

「別に君は、私の財産目当てに近づいて来たわけじゃないだろう？　だから私が文無しになってもかまわないだろう？」

「それはそうですけど――」

「何か不満が？」

「――……」

アデルは少し考えたあと、もごもごと答えた。

「私、あなたのちょっと偉《えら》そうで王様みたいなところ、腹も立つけど――その……結構好きなんだなあって最近気づいたんです。大貴族の御曹司《おんぞうし》だからこそ醸《かも》し出される不遜《ふそん》なオーラ、というか。だから、あなたが偉そうに振る舞えない立場になっちゃうのは、残念だなあってちょっと思ったり……」

「王様みたい？　不遜？　私が？」

オスカーはひどく意外そうに訊《き》き返した。自覚がなかったのだろうか。呆《あき》れつつ、アデルは恐る恐る確認する。

「すみません……これは、あなたの身分目当てということになるんでしょうか……？」

その問いに、女王が噴き出した。

「アデルはちゃんと、ありのままのおまえを見ているようですね。これなら安心です」

女王は甚《いた》く満足げな顔だったが、オスカーは釈然《しゃくぜん》としない顔でぶつぶつ言っている。

「俺が偉そう……？　俺は偉そうか……？」

内省の世界へ入ってしまったオスカーに代わって、女王が質問に答えてくれた。

「アデル、それは身分目当てではなくて、いわゆる『萌《も》え』というものですよ。あなたはオスカーに不遜萌えしているのです」

「なるほど、これが萌えですか――！　女王様、新しい言葉をご存知ですね！」

ポンと手を打って感心するアデルに、女王は自慢げに胸を張る。

「伊達《だて》に市井《しせい》の人々の話を聞いているわけではないのですよ」

会話のノリが公園で話していた時のおばあさんと同じになってきたので、つい嬉《うれ》しくなってしまったアデルだが、それと同時に、女王が暴漢たちに襲われる姿がフラッシュバックした。

「あの……これからも変装して街へ出られるのですか？」

「それが伝統であり、王の役目ですからね。少しくらい危険な目に遭《あ》ったからといって、私の代で取り止《や》めることは出来ません」

「でも……」

「あの変装がばれてしまったのなら、次は別の変装にします。そうですね……いっそ男装という手もあるかもしれませんね」

女王の突飛《とっぴ》な発想に、アデルは思わず瞳《ひとみ》を輝かせる。

「男装!?　そのお齢《とし》で男装の麗人なんて素敵です！」

そこへ、ようやく内省の世界から帰還したオスカーが口を挟んできた。

「何の話をしているのです……!?　こらアデル、陛下を乗せるんじゃない！」

そうして孫の顔をしたオスカーが女王陛下を窘《たしな》め始め、対面の時間は終わったのだった。


帰りの馬車の中で、アデルは改めてここ数カ月の騒ぎを思い起こした。

見知らぬザグレラという国で起きた革命をきっかけに、オスカーとの楽しい夏休みの計画が潰《つぶ》れたり、彼が予想外に自分との将来を真剣に考えてくれていることを知ったり、そのせいで大騒ぎになったり、本当の家族が見つかったりと、様々な浮き沈みを経験した気がする。

――私自身は、革命なんて物騒なものとは縁のない生活をしているのに。

けれど自分の人生はなぜか、革命に翻弄《ほんろう》されている。近いところではザグレラの革命だが、五年前にも、リンドールに革命が起きなければ、エルクス伯爵《はくしゃく》は息子に愛人と隠し子の存在など語らなかっただろう。そうであれば、自分はこうして兄によって見つけ出されることもなかったのだ。そして革命が起きたせいで、リンドールに貴族はいなくなった。身分というものがなくなった。

アデルは俯《うつむ》いていた顔を上げ、隣に座るオスカーを見た。

「あの――貴族の血を引いているといっても、私は庶子《しょし》ですし……何より今のリンドールにはもう王様も貴族もいないんでしょう。私は土地も財産も何も持っていないのに――女王様は私なんかをあなたの結婚相手として認めちゃっていいんですか？」

その問いに対し、オスカーは事も無げに頷いた。

「ああ。ちょうどいいくらいだよ」

「ちょうどいい？」

「なまじバッジ家のような名門の令嬢では、陛下も簡単には認められなかったところだ」

首を傾《かし》げるアデルに、オスカーはフールガリア貴族の複雑な力関係を説明してくれた。

エルデヴァド家は、現在でもフールガリア一の名門。それに次ぐ家柄《いえがら》のバッジ家との婚姻《こんいん》でこれ以上大きくなられては、王室としてもいささか扱いにくいことになる。この夏、オスカーとリンディアとの縁談があっさり立ち消えになったのはそういうわけである。

何よりバッジ侯爵《こうしゃく》自身、本気でこの縁談がまとまるとは思っていなかっただろう。オスカーを虫除《むしょ》けに使いたかっただけである。しかし女王が一方的にその縁談を潰《つぶ》せば角《かど》が立つ。オスカーとリンディアが揃《そろ》って、自主的に首を横に振る必要があった。リンディアはその勢いでうっかり口を滑らせ、ユーディのことを喋《しゃべ》ってしまったのだった。

「そもそも、エルデヴァド家は持参金を目当てに花嫁を選ぶほど落ちぶれてはいない。私には極端に名門の令嬢との結婚が求められているわけじゃないんだよ。だから、君に有名無実の貴族の名がくっついたのは、ある意味ではちょうどよかったと言えるんだ」

「……これ以上エルデヴァド家が大きくなり過ぎないために、女王陛下も認めやすい相手、ということですか」

「そう。だから陛下は初めから『身元さえ判明すれば認める』と言っていたし、ジョセフが敢《あ》えて君に大貴族の両親を用意しなかったのも、そのあたりの事情を了解していたからだ」

「……私は単純に、大貴族の両親が見つからないと駄目なのかもって心配してたんですけど、貴族の世界って複雑なんですね。ただ家柄の良い者同士がくっつけばいい、ってわけでもないんですね……」

「国の権力というのはバランスが大事だということだね。そこがうまくいかなくなると、体制が崩れる」

「リンドールやザグレラみたいに？」

　アデルはため息をつき、馬車の窓の外に流れてゆく風景へ目を遣《や》った。しばらくそうしていてから、口を開く。

「――やっぱりなんだか、いろいろ釈然《しやくぜん》としません。私が貴族の血を引いていることがわかったとしても、私自身は何も変わってません。孤児院の前に捨てられて、孤児として育った。それなのに、身元がわかっただけで、あなたとのお付き合いが許されるなんて、そんなの――名前だけが大切で、人間の中身なんて見られていないみたいで……」

　マースが兄だとわかったあと、アデルの名は『アデル・エルクス』と訂正されてルベリア女学園の学籍に記録された。リンドールの貴族の血を引くことも公表された。その途端、学園内だけでなく社交界でのアデルに対する風当たりも弱まり始めたのである。フールガリア貴族は、内実はどうあれ貴族の名というものに弱いらしい。あまりの現金さに呆《あき》れてしまうほどの、手の平返しだった。

苦笑しながら近況を語るアデルに、オスカーも少し苦い顔をする。

「もちろん私も、そういう態度の豹変《ひょうへん》が正しいとは思わないよ。けれど、それが今のフールガリアという国の社会だ。そして私は、その社会の仕組みに恩恵を受けている身でもある」

「……」

「でもね、たとえば今日一日でそれが変わることはないけれど――五十年か百年後には、この国も身分なんて関係ない社会になっているかもしれない。何せ五十年前には、ルベリア女学園が貴族の娘と平民の娘が一緒に机を並べる学校になるなんて、考えられもしなかったんだからね。世の中は少しずつ変わっている」

「庶民《しょみん》にも優しい世の中になってくれるのは願ってもないことですけど――でも私、乱暴な革命は反対です。女王様を危険な目に遭わせたくないです。女王様が一生懸命《けんめい》、庶民の声も拾い上げようとしてくださっているんだって知っちゃうと……」

「うん……。私もいずれは陛下を助けて働くことになるけれど、為政者《いせいしゃ》の国民への愛というのは片想《かたおも》いになることも多いから、難しいね」

女王が片足を悪くしたのは、若い頃、今回と同じように襲われて怪我《けが》をしたせいだとオスカーは語った。その時、一緒に連れていた幼い王子も巻き添えになり、生命《いのち》を落とした。それでも女王は、街へ出るのをやめなかった。少しでもフールガリアの民《たみ》が暮らしやすくなるように、ゆるやかに制度が変わり続けているのは、女王が民の声に耳を傾けて議会に意見を出しているせいもあるのだと。

「女王様があなたをお忍びに付き合わせたがらなかったのは、自分の息子を付き合わせて、亡くしてしまったことを思い出してしまうから――なのかもしれないですね」

「……ああ、たぶんね。当時は、小さな子供を連れていれば普通の主婦に見えるだろうから、とカモフラージュのために連れ歩いていたみたいだけどね。――子供の頃ならともかく、今の私は、暴漢が襲ってきても返り討ちに出来るのに」

「それでも、女王様は大切な『孫』を危険な目に遭わせたくないんですよ」

拗《す》ねたような顔をしているオスカーにアデルは答える。

民の声を聞いて民を守ろうとしている女王陛下が、過激な急進派に襲われることがあるように。守ろうとしている者に、なかなか想いは伝わらない。皮肉でもどかしい話だ。

それは、オスカーと出逢《であ》わなければ考えることもなかったような問題だった。高い身分に恵まれている人は、その分、難しい問題も抱《かか》えているのだ。毎日の生活に汲々《きゆうきゆう》としない代わりに、庶民よりもっと広い視野を持つことが必要な、大きな仕事を課せられている。

自分もオスカーに手を引かれてその世界へ足を踏み入れようとしているのだと気づいて、アデルは小さく身を震わせた。――怖い、と思った。だが同時に、ネタの宝庫だ、とも思った。

それは恐怖の震えでもあり、武者震いでもあった。

難しいことが起きても、物語の世界だと思って乗り切るのは得意だ。オスカーには、恋だけでなく、もっと他のいろいろなことを見せてもらえる。教えてもらえる。なんて素晴らしい人を恋人に出来たのだろう。

それに、孤児院の外へ出て、孤児であることを知られてあげつらわれて、夢がひとつ増えたのだ。作家になって自立したら、自分が稼《かせ》いだお金で、孤児たちに援助をする。孤児にもっとちゃんとした教育を受けさせたい。お金の遣《つか》い方もわからない子供なんて駄目だから。

孤児自身も、己《おのれ》の不幸に酔っている暇《ひま》があったら、努力をするべきなのだ。親がいなくても蔑《さげす》まれないように。頑張れば何にでもなれるように。孤児たちがそんな夢を抱ける手伝いをしたいと思っているのだ。

俯《うつむ》いて考え込んでいるアデルをどう見たのか、オスカーが不意にあっけらかんとした声で言った。

「――本心を言うとね。政治的な思惑《おもわく》だの社会の仕組みだの、そんなものどうでもいいんだ」

「え？」

アデルは顔を上げる。

「私は今、君とのことが認められたことが嬉しくてたまらないんだ。理屈なんてどうでもよくて、今はただそのことを喜びたくてたまらないんだ。――君は違う？」

「――違いません」

自然に、そう答えていた。

もしも自分に『身分』が転がり込んできて、オスカーとの仲が認められたとしても、それで素直に喜べるかどうかは疑問だった。その懸念《けねん》は以前からあった。実際、そうなってみて、やはり釈然としない思いはある。

――でも。

マースが兄だとわかった時、自分の家系がわかった時、女王陛下がオスカーとの仲を認めてくれた時。理屈よりも早く胸に湧《わ》き上がってきたのは、「やったあ！」「嬉しい！」という単純な感情だった。

何がどうしたって、自分はオスカーを諦《あきら》めたくなかったのだ。諦めざるを得なくなった時のために、予防線の理屈を用意していただけなのだ。けれど思いがけなく幸運が舞い込んで、瞬間的に正直な感情が爆発したあと、我に返ってまた賢《さか》しらぶって理屈をこねてみたくなっただけなのだ。

「――私も正直に言うと、難しいことはどうでもよくて、ただ嬉しいだけです」

「嬉しい時はどうするんだったかな？」

アデルは「え」と一瞬きょとんとしてから、思い出した。

「よろしくお願いします、の代わりに黙って抱きつきます！」

力の加減がわからないので、ぶつかるように隣のオスカーにしがみつく。

「黙れてないよ。しかもなんだかタックルされてるみたいだし」

そう言いながらも、オスカーは優しくアデルを抱きしめ返した。そして揺れる馬車の中で体勢を安定させるために、膝《ひざ》の上に載《の》せられてしまった。

「これでやっと、人にとやかく言われず君とデートが出来るようになったね。今度、ふたりきりで旅行でもしよう。冬休みは――いろいろ忙しいけど、春休みにはきっと」

「あ、春休みは……お兄さんが一緒にどこかへ行こうか、って」

「兄より恋人だろう！」

言下に返されて、アデルはオスカーの顔を見つめた。

「……じゃあもっと、普通に話してください」

「普通？」

「レインさんやジョセフさんと話してる時みたいに。……オスカーさん、私の前だと何か、構えてませんか？　時々学校の先生みたいな口調になったりもして、言葉遣いが安定しないし。――別に、私の前でだって『俺』って言っていいんですよ」

「……そんなことを気にしていたのか？」

オスカーが軽く瞳《め》を瞠《みは》る。

「だって、あんまりよそゆきな感じで対応されると、やっぱり付き合ってもらってるの迷惑だったかなって思っちゃうから――」

「それはない！　迷惑じゃない！」

細かく頭《かぶり》を振りながらオスカーは即答した。呼吸を整えてから改めて口を開く。

「……私はね、君が好きだよ。だからこそ、君の前では紳士でいたいと思っている。でも君を見ているといろいろなものがせめぎ合うのも事実で、時々、言葉遣いを含めた態度がおかしくなってしまうのは勘弁《かんべん》して欲しい」

「何がいろいろせめぎ合うんですか？」

アデルの無邪気な問いに対し、オスカーは一瞬黙ったあと、息が止まるほどの強い抱擁《ほうよう》と深い口づけで返事をした。

「――っ」

突然の激しい愛情表現に遭い、解放されたあとも呆然《ぼうぜん》としているアデルに、オスカーは開き直ったように言った。

「君に、こういうことをしたくなる気持ちと、自制する気持ちとが、です！」

「今のは、自制出来てなかったと思いますけど……でもなんとなく、事情はわかりました」

アデルはこくりと頷いた。

どうやらオスカーは、自分のことに関して動揺したり感情が高ぶると、言葉が改まってしまうらしい。冷静になろうとする反動のようだった。

オスカーはため息をつくと、照れ笑いにも似た表情でアデルの頭を撫《な》でた。

「白状してしまうとね、君が思っているよりもずっと、私は純情なんだ。遊びやレッスンの恋なんて出来ない。だから純情な男をあまりもてあそばないでくれると嬉しい」

「私はあなたをもてあそんでなんかいませんよ……!?」

心外な思いでアデルは反論するが、オスカーは真面目《まじめ》な顔で言う。

「じゃあ、小説に私とのことをそのまま書いたりはしないと約束してくれる？　私が君にしたことをそのまま書かれるかもしれないと思うと、私は君に何も出来なくなってしまうんだ」

「そんなこと――心配してたんですか」

アデルはぱちくりと瞬《まばた》きをして、少しはにかみながら答える。

「あなたとのことは、日記には書いてますけど、人に見せるつもりはありません。――だって、これは私たちふたりだけの物語だから……」

語尾をむにゅむにゅと濁《にご》しながら言った途端、また激しい抱擁に遭った。

「だからいろいろせめぎ合うからそういう可愛いことは言わないように――いや、言ってもいい。もっと聞きたい！」

「どっちなんですか！」

訊き返しながら、可愛いのはオスカーの方だと思った。

以前、ユーディが言っていた。オスカーは可愛いだろう、と。その意味がわかるようになっ

てきた。

初めは、自分とは住む世界の違う、うんと大人の男の人だと思っていたのに。こんな時、彼は大人に見えて、実はすごく子供なのではないか——と思う。

——この人は、私の可愛い恋人。

アデルは微笑んでオスカーを抱きしめ返した。うっかりチョコレート・ヴォイスに撃沈される前に、先手を打ってオスカーの耳元にささやいた。

「私はずっとあなただけの恋人です。ずっとあなただけが大好きです」

「ああ、私もずっと君だけが好きだ——」

可愛い恋人と抱き合って、その耳元に愛をささやいて、オスカーは幸せだった。その後の苦労など、この時には考えが及ばなかったのだ。

翌年——アデルの小説がユーディによって出版され、大ヒットすることとなる。

ユーディ自身は依然《いぜん》として行方《ゆくえ》不明のままだったが、やはりアデルは彼の連絡先を知っていて、こっそり原稿を送っていたのだ。

小説の内容は、寄宿学校に通うヒロインが様々な事件に首を突っ込んでは解決する探偵ものだった。何かとヒロインと角《つの》を付き合わせることになるヒーローには背景に秘密があるようで、そのあたりのドキドキする恋模様も受けたらしい。シリーズ化を望む声に後押しされ、アデルは張り切って続編の構想を練り始めた。

「わあ、どうしよう、『アデル・バロット先生へ』なんてお手紙もらっちゃいました……！」

初めてもらったファンレターを興奮状態で見せてくれたりもした。

そう、アデルはあれほど吟味《ぎんみ》していたペンネームを使わなかった。孤児院で付けられたアデル・バロットという名のまま文壇にデビューした。

「私、この名前が好きになったんです。あなたと出逢った名前だし、あなたが呼んでくれる名前だから。――だから、変えちゃうのはもったいなくて」

てらいもなく可愛いことを言ってくれるのは相変わらずだった。

可愛い恋人に骨抜きにされながらも、アデルの本の流通を辿《たど》ってユーディの居所を探っているうちに、やがてオスカーにも友人の計画が見えてきた。例の賭《か》けでオスカーからせしめた融《ゆう》資《し》を国内外の新興事業への投資に使い、自身もあちらこちらを飛び回りながら商談と買収を重ね、ユーディの会社は着々と利益を上げているようだった。おそらくはずっと以前から投資先の目星を付けていて、アデルをネタに使っての賭けは格好の元手稼《もとでかせ》ぎだったのだ。

それを話すと、さすがのアデルも呆れ顔をした。

「私たち、初めから全部、レインさんの計画に乗せられてたってことですか……！」

「だから言っただろう。あいつは優しい顔をしていても腹の中は真っ黒なんだ。しかもあれでプライドも高い。融資額を増やされるのは施《ほどこ》しのように感じて、厭《いや》だったんだろうな。飽《あ》くまで初めに賭けで手に入れた金を元手に、遣《や》り繰《く》りしたかったんだろう」

「ああ……なんかそういう意地はわかる気がします」

そういえばアデルからも、追加で送ったお小遣いを送り返されたことがあったと思い出したオスカーである。アデルとユーディは同じような負けん気の強さを持っていて、だからユーディもアデルに共感し、彼女にだけ連絡先を教えたのかもしれなかった。

「まあ、私からせしめた金と君からせしめた原稿を最大限に利用して、散々荒稼ぎをして、そう遠くない将来、あいつは気鋭の青年実業家として堂々と王都《ネルガリア》へ乗り込んでくるだろうさ」

「リンディア様が幸せになれる日も、遠くないですね……！」

「そうだな。ああいう真っ黒な奴《やつ》は、天使のような侯爵《こうしゃく》令嬢と一緒になれば中和されて、腹の中も少しは綺麗になるんじゃないか」

オスカーは憎まれ口を叩《たた》きながらも、友人の成功を予感して、明るい気分だった。恋人の作家としての成功も嬉しかった。

しかしこの後《のち》、大人気作家となった恋人の取材活動に振り回され、締め切りの前にはすべてを後回しにされる未来を、恋人の修羅場《しゅらば》が明けるのをレース編みに耽《ふけ》りながら待つことになる己《おのれ》の姿を、残念ながら今の彼はまだ知らない。

あとがき

こんにちは、我鳥彩子《わどりさいこ》です。カタカナタイトルの作品を発表するのは初めてです。『チョコレート・ダンディ』――長いので略して『チョコダン』と呼んでおりました。

第一話は、雑誌Cobaltでの童話小説特集に合わせて『あしながおじさん』をモチーフに書いたもので、第二～三話は書き下ろしです。せっかくなので、二話目と三話目にもちょっと童話っぽいエピソードを混ぜ込んだりしてみました。でもやっぱり、馬車にするならカボチャがいいですね。ナスを乗り物にしようとすると、日本人的にはどうしても割り箸《ばし》が必要なイメージを抱かずにいられなくなっちゃいますもんね。ちょうど季節も夏のお話ですしね（笑）。

初めは単純にヒロイン視点で物語を書こうと思っていたのですが、お話を練っているうちに、あしながおじさん側からの視点で書きたくなってしまいまして。結局一話目は、全編ヒーロー視点となりました（正確に言うと一場面だけ、ユーディ視点が入りますが）。

文庫版も、このまま全部オスカー視点で通そうかと思わないでもなかったのですが。でも、それをやるとオスカーの残念化に歯止めがかからなくなるやっぱりヒロイン視点も欲しいよね、あの時やその時、アデルがどう思っていたのかとかも書きたいよね、読みたいよね！　ということで、二話目からはアデル視点がメインになりました。

前向きなんだけど脆《もろ》いところもあって、喧嘩《けんか》を売られたら買っちゃう気の強さと同時に、男の人に慣れてなくてオスカーのちょっとした態度にビクビクしちゃったりもする初心《うぶ》さを併《あわ》せ持つアデルちゃん。書いててくすぐったい気分になる子でした。

そして、俺、僕、私、と状況や相手によって一人称が変わるオスカー。『俺』の時は自然体な俺様で、『僕』は猫を被《かぶ》っていて、アデルの前で『私』と言っている時が一番格好つけているのだと思います。なんかねー、アデルの前では大人ぶりたがるんですよねー、オスカー坊ちゃまは（笑）。

この作品の途中で担当替え（というか担当戻り）があったのですが、新旧どっちの担当様もユーディのイラストのイケメンぶりに驚きを隠せていなかったのが面白かったです。

斯《か》く言う私も、キャララフをいただいてユーディのヴィジュアルを初めて見た時、あまりのイケメンさに「をぅっ!?」と変な声を上げてしまいました。オスカーとユーディ、イケメン二人組が呑《の》んでる『いつものバー』を柱の陰から斜め後ろ《ナナメ後ろ》からこっそり覗《のぞ》きたいです（笑）。

そんなわけで、今回素敵なイラストを描いてくださったのはカスカベアキラさんです。人生に恵まれまくった押し出しの良い美青年《ダンディ》を――という私の希望どおりのオスカー坊ちゃまと、食べちゃいたいくらい可愛《かわい》いおさげ少女のアデルちゃんをありがとうございます！

――あ、（勝手に書いた）じいやのおまけミニ小説をねじ込むために、今回のあとがきはそろそろ締めねばならぬのです。

いつもお世話になっている関係者の皆様、この本を手に取ってくださっているあなた、ありがとうございます。作品のご感想などいただけましたら大変嬉《うれ》しいです。遅くなりがちですが、へたくそな字でお返事を書いております。

ではではまた！

二〇一五年　十二月

先日はコバルトの謝恩パーティにお呼ばれして、楽しかったです～！　我鳥彩子

ブログ【残酷なロマンティシズム】http://romaroma.cocolog-tnc.com/

※この作品はフィクションです。実在の人物・団体・事件などにはいっさい関係ありません。

おまけ　じいやの愛にはご用心

これは、オスカーがアデルと出逢《であ》うずっと前のお話――。

エルデヴァド公爵家《こうしゃくけ》のひとり息子、オスカーくん（十歳）は怒っていた。

「またジョセフが遠足に付いてきたんです！　去年あれだけ叱《しか》ったのに！　僕はもう十歳なんですよ、ひとりでなんでも出来ると言っているのに！　それに、何度言っても僕を『坊ちゃま』と呼ぶのをやめないんですよ。人前でそんな呼ばれ方をされたら恥ずかしいでしょう」

愚痴《ぐち》っている相手は、女王陛下《へいか》である。今日は女王様のお茶のお相手をするために宮殿へ伺《し》候《こう》したのだが、昨日が学校の遠足だったのがまずかった。過保護な執事《しつじ》ジョセフへの文句が胸に溢《あふ》れて堪《こら》え切れず、穏やかな午後のティータイムとはいかなくなってしまったのだった。

オスカーが通うのは、王都ネルガリアの北の郊外にある名門男子校・デイルズ校である（ちなみに南側の郊外にはルベリア女学園がある）。昨日の遠足は、初等部から高等部まで合同で行われる恒例行事で、学年の垣根を越えたグループを作って親睦《しんぼく》を深める目的のものだった。

本人に自覚はないが、大層可愛げのある少年であるオスカーは、上級生のお兄様受けがとても良い（ついでに、気前がいいので下級生受けも良い）。合同イベントがある際はいつもオスカーを自分たちのグループへ獲《と》るために中等部と高等部で熾烈《しれつ》なバトルが繰り広げられ、今回も某《なにがし》かの勝負に勝ち抜いたグループがめでたくオスカーを獲得した。そうして楽しい遠足と相成《あいな》ったわけだが――。

ジョセフ側からすれば、可愛《かわい》い可愛い坊ちゃまが学校で大人気なのは当然のこと。しかし坊ちゃま争奪戦が白熱しすぎて、大切な坊ちゃまに何かあってはならない。遠足当日もどんなアクシデントが起こるかわからないのだから、こっそり付いてゆくのも当然のことだった。

他の生徒たちから見れば、オスカーに過保護なじいやがセットでくっついているのは了解済みのことだった。学校行事の度《たび》にジョセフがオスカーを陰から見守っているのは見慣れた光景で、最早《もはや》それも含めてひとつの行事となっていた。

だがオスカーにしてみれば、自分がいつまでもじいやの世話になっているお子様だと見られるのが我慢ならないのだ。大人ぶりたいお年頃なのである。

「もう、ジョセフが屋敷から出られないように鎖《くさり》を付けてやりたいですよ。大体、あいつはエルデヴァド家の執事なんだから、僕の面倒を見るのだけが仕事でもないだろうに……」

プンプン怒りながらお茶請《ちゃう》けのクッキーを齧《かじ》るオスカーに、女王は微笑《ほほえ》みながら言う。

「でも、ジョセフにとってはおまえはたったひとりの大事な坊ちゃまなのです。使用人の忠誠を受け取るのも主《あるじ》の役目ですよ」

「その忠誠が、重いんです。くどいんです。しつこいんです」

「だったら、おまえがもっと大きくなればいいでしょう。ジョセフの愛が重くてもくどくても受け止められるように」

「どうせなら、ジョセフの愛じゃなくて可愛い女の子の愛を受け止めたいですよ」

「ふふ、おまえが可愛い彼女を紹介してくれるのはいつでしょうね」

「親の命令で家柄《いえがら》目当てに近づいてくるのとは違う女の子を見つけたら、陛下に紹介します。そうしたら、たとえそれが物乞《ものご》いの娘だったとしても、応援してくださる約束ですよ。覚えていらっしゃいますよね?」

「ええ、覚えていますとも。おまえが将来どんな女の子を連れてくるのか、楽しみにしていますよ」


女王のもとを辞《じ》して屋敷へ帰ると、いつものようにジョセフに出迎えられた。さすがのジョセフも女王陛下の御座所《ござしょ》までは付いてこられないので、こういう時は留守番である。

「お帰りなさいませ、坊ちゃま」

「だから、『坊ちゃま』と呼ぶのはやめろと言っているだろう」

オスカーは不機嫌《ふきげん》に言ってジョセフの脇《わき》をすり抜け、自分の部屋へ向かう。

ジョセフが付いてきているのがわかっていても無視である。しかし不意に、背後でドタッと大きな音がした。驚いて振り返ると、なんとジョセフがうつぶせに倒れていた。

「ジョセフ!?」

助け起こそうとして、ジョセフの身体《からだ》がひどく熱いことに気づく。

「おまえ、いつから具合が悪かったんだ？　もしかして昨日もこんな身体で遠足に付いてきて、滝壺《たきつぼ》に潜《ひそ》んでまで僕を見張ってたのか!?　馬鹿かおまえは！」

「見張っていたのでは……ございません……。もしも坊ちゃまが足を滑らせて……滝に落ちても……お助け出来るよう、待機していたので……ございます……」

「僕は滝に落っこちるようなドジじゃない！　まったくおまえは——いや、文句はおまえが元気になってから言う。誰か、ジョセフを部屋へ運べ——！」

急いで医者に診《み》せたところ、幸いひどい病気ではなく、ただの風邪《かぜ》と診断された。ただ少し無理をしてこじらせたようで、完全に快《よ》くなるまでは仕事を休んで養生《ようじょう》するよう命じられた。

これでしばらくはジョセフに付き纏《まと》われる日々から解放されると喜んだオスカーだったが、すぐに寂《さび》しくなった。背後にあの重くてくどい気配がないと何か物足りない。居たら居たで鬱《うつ》陶《とう》しいのだが、居なければ居ないで調子がくるうのだ。

仕方がないな、百歩譲って、初等部を卒業するまでは遠足に付いてこられても許すことにするか——。

自分の寛大な主ぶりに酔いつつ、学校帰りに見舞いの品を買ったオスカーは、帰宅して真っすぐジョセフの部屋へ向かった。

「——ほら、おまえの好きなカボチャのプディングだ」

オスカーからケーキの箱を突き出され、ジョセフは瞳《め》を瞠《みは》った。

「坊ちゃま……！　わたくしめのために、わざわざ買ってきてくださったのですか」

「別に——たまたま学校帰りに店が目に入って、なんとなく思いついて買っただけだ」

「なんとお優しい、さすがわたくしの自慢の坊ちゃま——！　ええ、これを食べればすぐに身体など快《よ》くなりますとも——！」

「ああ、早く元気になれ。おまえにはいろいろ文句を言いたいことが溜《た》まってるんだ。でも病気の奴には何も言えないからな、だから、それだけのことだ。別におまえを心配してるわけじゃないんだからな！」

こうしてツンデレ坊ちゃまが過保護なじいやを甘やかし続けたばかりに、その後、初等部どころか大学の卒業旅行まで付いてこられる羽目になることを、残念ながらこの時のオスカーくんはまだ知らない。

〔おしまい〕

わどり・さいこ

10月24日生まれ。蠍座。B型。静岡県出身。『最後のひとりが死に絶えるまで』で2009年度ロマン大賞佳作受賞。コバルト文庫に『最後のひとりが死に絶えるまで』、『月の瞳のエゼル』シリーズ、『贅沢な身の上』シリーズ、『貴公子ラッドの受難～彼が麗しの花嫁を迎えるまで～』、『あくまで悪魔！』シリーズ、『公主様のお約束！』シリーズがある。仔猫とチョコレートとバッハをこよなく愛する道楽人間。へたくそなチェロを弾き、フルーツの種を蒔いては枯らす日々。

チョコレート・ダンディ
～可愛い恋人にはご用心～

COBALT-SERIES

2016年2月10日　第1刷発行
2016年5月31日　第2刷発行

★定価はカバーに表示してあります

著者　我鳥彩子
発行者　鈴木晴彦
発行所　株式会社 集英社
〒101－8050
東京都千代田区一ツ橋2－5－10
電話　【編集部】03-3230-6268
【読者係】03-3230-6080
【販売部】03-3230-6393（書店専用）

印刷所　株式会社美松堂
中央精版印刷株式会社

ISBN978-4-08-601890-6　C0193